到梵林墩去的人

尉天驄

序

心靈的召喚與浪遊

重讀尉大哥青年時代的短篇小說集《到梵林墩去的人》

奚淞

……一陣酸痛使他不得不停下來用手按摩著。就在彎腰的時候，他聽到一種低喚：

「艾玲達！艾玲達！艾玲達！」

他站起來，甚麼也沒有，一輛車子正從他身旁開過去。對面樓頂上黃昏星已經亮了，就好像那顆星在柔柔地叫喚著，那麼親切，不管在甚麼時候甚麼地方，總是那樣扶持著不讓他倒下去……

——〈艾玲達！艾玲達！〉

近年尉天驄出的書都是相關台灣近代文學、重量級的好書。二〇一一年《回首我們的時代》，生動描繪一系列文藝創作者的肖像。二〇一四年《荊棘中的探索》，天驄大哥以個人讀書札記風格，呈現劇烈時代變動中，作者不畏横逆、以知識分子堅定的思考和書寫，銜接戰後文化斷層，為文藝開啟新局的心路歷程。

本來滿心期待天驄大哥會步入更豐盛的寫作期，然而就在《荊》書出版後不久，驚聞大哥遭遇車禍，傷及脊椎中樞，從此不便行動，僅能以輪椅代步，臥床至今已近五年了。不久前，「聯合文學出版社」的總編周昭翡告訴我，準備重新收集、整理尉大哥早年刊登在《筆匯》革新號及《文學季刊》中的短篇小說出版。這消息真令人高興。想到一甲子前，就在台灣被稱作「文化沙漠」的時代裡，大哥支撐《筆匯》並創刊《文學季刊》及《文季季刊》，在這片沙漠中辛勤灌溉、培育並庇護星點綠苗；不少當年呈初生態的創作，今日已成備受矚目、見證近代文學史的重要作品；相對之下，大哥早年那些充滿實驗性的短篇小說，是被掩蓋在他作為早期文學園地拓荒者的身份下而少有人欣賞並研究了。

我翻尋書架，終於找到大哥送我、他珍貴的第一本小說集——一九七〇年由「大林文庫」出版、共收錄八篇小說，並以其中一篇為書名的《到梵林墩去的人》。

即使相隔半世紀，重讀尉大哥青年時代的作品，並不覺得遙遠、陌生。晚上床頭挑燈夜讀，逐篇逐句，當年覺得神祕之處依然顯得迷離；曾經會心之處仍舊令我微笑而感動。

當我讀到那篇〈艾玲達！艾玲達！〉小說末段，文中描述那彷彿發自主角幻聽、從都市夜空彼端黃昏星遙遙傳來「艾玲達」的呼喚……我不禁惘然放下書本，閉目冥想當時年輕英挺的尉大哥，心中懷著何等飄忽如夢的情懷？

有一次我問尉大哥：「為甚麼你小說中的年輕人堅持要去那連地名也不存在的『梵林墩』？『艾玲達』是真實人物嗎、這名字又在叫喚誰？」大哥只是笑，像身懷藏寶地圖，不肯示人。我於是逕自參詳這段文學公案，唸出王國維在《人間詞話》中所說的人生三境界，看看能否契合尉大哥的心路歷程：

「『昨夜西風凋碧樹。獨上高樓，望盡天涯路』此第一境界也；『衣帶漸寬終不悔，為伊消得人憔悴』此第二境界也；『眾裡尋他千百度，驀然回首，那人卻在燈火闌珊處』此第三境界也……」

天驄大哥聽了，抿嘴點頭。這就對了罷?!

王國維以三段詞句，描寫個人生命的浪遊、苦澀追尋，乃至於究竟歸宿。其實它道盡今古，在人性上，哪有古典文學和現代主義流派的分隔？

創作〈到梵林墩去的人〉系列小說時，三十歲上下的尉大哥真個是「衣帶漸寬終不悔」，浪遊在剛引進台灣的現代西方文藝潮流中、尋覓種種掃除陳腐、一新耳目，足以誠實表達心情的實驗風格，諸如海明威《老人與海》文字的簡淨與孤寂、貝克特《等待果陀》

劇場中前言不對後語的荒謬，又或如雷奈電影《廣島之戀》中不同時空的夢幻交疊……這些受戰後存在主義影響的西方藝術風貌，同時帶動了台灣一代新文藝的各種實驗。從尉大哥的小說裡，便也可以看到一份「為伊消得人憔悴」的浪遊和尋索。

不能忽略了那仍是處在台灣漫長軍事戒嚴、白色恐怖壓力下的年代。日後，作為帶動並參與當年文藝風潮者的尉大哥，曾為被批評為「虛無、蒼白、病態」的現代詩和小說作過辯解。在那段強權當道、思想受壓制、傳統朽敗的時代，該用什麼方式才能揭開籠罩四周的謊言和悶局？當年的現代主義即使顯得蒼白、虛無，也不失為坦露真心的利器，為苦悶時代劃出一道透光裂隙。

一九七〇年出版《到梵林墩去的人》，天驄大哥在自己第一本小說創作集的〈後記〉這麼說：

……在這部書的作品裡，我所領受的卻是一種死亡和一種重生。因此，如果有人在這些不成熟的作品裡感到一些虛無的氣息，我盼望他們僅把它當作一種生命成長的過程……我願用這個集子作為對過去的告別！

告別不代表消失。尉大哥隨歲月繼續「眾裡尋他千百度」的探索。我心目中的尉大哥，一直是全方位的生命關懷者；他不只是文學家，也始終是學不厭、教不倦的文化思想傳道師。從《荊棘中的探索》一書，足可見大哥對文明承續和人類前途的關懷和用功，真的是「尋他千百度」也不厭倦。

自二〇一四年七月大哥遭車禍之災，關心的朋友和學生絡繹不絕，他的病成了大夥共同的懸念。今年前後，我多次探望臥床的尉大哥。每次去他家之前，總不免懷一份忐忑心情，擔心他久病的身體和情緒。然而，事實上，對於大哥脊椎受傷後的處境，凡是探視過他的朋友都會說：「從未見過如此頭腦清楚、記憶力驚人、正面思考的病人。」我每次探望過後，心中也都多一份清明，覺得大哥仍然在生活中提攜、敦促著我。

在桂芳帶著印傭安妮的悉心照料下，大哥的日常生活很規律，例如：晨起拉筋、早餐，以輪椅代步往附近政大校園散步。歸來小睡後，或可接待訪客、或可以坐桌前寫毛筆字。雖然因為久臥手腕僵化以及久患痛風，大哥執筆並不方便，但他仍堅持以他特殊的捉筆方式，書寫他記憶裡的古今詩文……

「允晨文化」的廖志峰，曾在一篇〈早秋〉文中，描述探病時天聽大哥有點孩子氣撒嬌式的抱怨：「寫字，握筆握得手好痛。」當時可以見到客廳周遭貼牆的大書櫃上，懸著一幅幅長條宣紙書法。由於病體不靈活的運筆落墨，書法顯得十分樸拙、有如斧鑿刀刻，字字如拳，卻蒼古渾厚。

因為欣賞到大哥書寫漢高祖的「大風起兮，雲飛揚」渾雄有勁的句子，志峰離開天驄大哥家後，興致高昂的他不願即刻搭車離去，在晴好的秋光天色中，沿秀明路走了好長一段路。

探望尉大哥，說是探病，卻也能增益見聞甚或療癒了自己的心病。「聯合文學」的昭翡，在「歧路花園」專欄中的一篇散文中寫到她自希臘旅行歸來後，赴秀明路看尉大哥。大哥在床上高興道：「希臘，好呀！」話題便由希臘延伸到英國詩人拜倫的長詩〈哀希臘〉，又談起民國初年翻譯拜倫作品、「情僧」蘇曼殊一生的浪漫事蹟。「知識之樹，終非生命之樹。」昭翡在散文結語中，如是讚嘆尉大哥：

「……有關文學，必須以生命來體驗。尉老師就像一株生命之樹。儘管不能像往常一般自由移動，但思想卻如此活潑，以其生命的歷練，不斷給我帶來滋養與啟示。」

今年舊曆年前偕畫家黃銘昌訪尉大哥時，為大哥窗上貼上我親手剪的新年剪紙，乘機貪心地向大哥討了他最近寫的書法。

黃銘昌得到的是《三國演義》裡的孔明詩句：「大夢誰先覺，平生我自知；草堂春睡足，窗外日遲遲。」

大夢誰先覺
平生我自知
草堂春睡足
窗外日遲遲

孔明詩

一夫題

行到水窮處
坐看雲起時

王維詩
一文題

我則得到詩佛王維的詩句：「行到水窮處，坐看雲起時。」多好的句子！在生命每個拐角，總能遇上它；這便也就是王國維在《人間詞話》中形容人生境界的結尾，所謂「驀然回首，那人卻在燈火闌珊處」的意境了。

四月裡櫻花飄飛、桃李盛開。我奉昭翡之邀，特為尉大哥即將出版的小說集寫幾句導讀——以大哥人生與文學歷練的豐富，哪容得上我這做弟弟的說話？便還得銜命往訪秀明路、探望尉大哥，或可啟發一些靈感。

「……寫小說，大哥心裡可是藏著初戀愛人的名字嗎？」我又一次執拗地追問起小說裡「艾玲達」的象徵意義了。臥床枕頭上，八十四歲尉大哥的容顏和悅、眼神帶一份調皮，忽然從言語中流淌出似乎久違、又十分鮮明的詩句來，大哥吟詠：「生命誠可貴，愛情價更高——」

我本能反應地接口道出五言詩的下兩句：「——若為自由故，兩者皆可拋。」

「你知道這是誰的詩？」大哥考問。我傻楞楞回答：「不知道。」

「呵呵，」大哥笑著說：「裴多菲，十九世紀匈牙利詩人。」啊，便是那位以長劍和鵝毛筆，為抵抗奧君、保衛祖國而慷慨就義的年輕愛國詩人。唸裴多菲詩句，回憶起中學教科書上寫「意映卿卿如晤」〈與妻訣別書〉的林覺民，不由得心頭泛起一陣熱潮。

那日離開秀明路公寓，心裡反覆盤桓著裴多菲詩句，恍然間，我彷彿明白潛藏在尉大哥漫長追尋中心靈的祕密——原來，大哥從來都是個根深蒂固的浪漫主義者呀！

生命、愛情、自由。走著走著，我變得年輕了。

奚淞於二〇一九年四月新店溪畔微笑堂

尉天驄，一九六〇年代時任政大助教

目次

母親

我從未想到自己會像今天晚上一樣，在燈下再一次地讀母親的遺書。幾年前，當她離開我那酗酒的父親，嫁給一個如她所說的「生命中的第一個戀人」的時候，我曾推論我和母親的關係已經斷了。及至今夜讀著她的遺書時，我卻哭著哭著把一瓶酒喝完了還不能把它讀完。

「你要活著像一個年輕人，不要像你父親那樣一遇見不如意的事，就拿酒澆愁。」她以一顆內疚的心，向不願見她面的兒子說著一個母親的話。如果她看到我狂飲的姿態，也許會感到失望。只是，一顆破碎了的心，除了酒還有甚麼可以醫治呢！我想：我真是愈來愈像父親了。

我在母親離開父親那年暑假，搬到學校裡。寄宿那時我以一個孤兒的姿態踏進了社會。「一個十八歲的孩子，能夠做甚麼事？」我的父親和母親聽說我夜間還要做工維持學校的費用時，曾先後看了我幾次。然而，我決計不再花他們分毫金錢，我要以十八歲的理想，開始人生的起步。除了自己，我不曾想到其他的幫助。「父親和母親都能成為路人，何況這世上的人。」在一頁日記裡，我曾這樣寫著。我之所以不願留在父親身旁，作為他生活上慰安，與其說是一個跟女性長大的孩子，不慣於過那種兩個時代男人相處的生活，不如說是我不能對他使母親離開的事得到諒解。「你的父親是一個自卑感很重的人，我的勸告他都認為是我站在比他高的階梯上揭他的瘡疤。」母親的遺書上說。於是我的面前，就出現了父親狂醉暴躁的身影。那一年，他的那間工廠倒閉了，參加一項海外貿易也失敗。他的醉酒從小我便熟悉，可是那種粗狂的模樣，叫母親和我都吃了一驚。他好像存心嘔氣，要連這最後僅餘的家也拖垮。母親和父親的不睦，從他們的婚姻一開始便註定了。他們氣質的不同，正如他們兩個家族一樣。「一個讀書人家的女兒嫁到一個新興的商家，這就是我的悲劇。」母親遺書上說。然而，母親的離開父親，不在她順從的十七歲的少女時代，卻在她走上四十歲的時候，不能不令我感到悵惘！

我的父親在我的母親離開他之後，酗酒更厲害了。「我幾次看見他半夜裡，在街心中擲著酒瓶狂呼。」一位鄰居說。而沒有多久，他便淹死在河裡了。「一個失意的人，自殺是可能的。」法官驗屍以後搖搖頭說。然而，從鄰居的談話裡，我不能不懷疑他是酒醉後失足而死的。我從警察手裡接過一張單子，茫然地蓋上私章。我的母親雖然也趕了來，因為她是離了婚的人，一切都由我處理。——忽然，我發覺自己已經是大人了。

父親的葬禮是簡單地敷衍過去的。他沒有留下多少財物，我又不願接受母親的幫助（我知道那比挖出父親的心還讓他難過）。在小土坡上，一坯黃土掩蓋了他吃了太多河水的身體。自始至終，我不曾流一滴眼淚。我也許可以學著《哈姆雷特》中奧菲莉亞哥哥的話：「你喝的水已經太多了，所以我止住我的淚水。」但我終於沒說出一句話來。我只感到茫然。

我的母親也許被我的呆板的神情嚇住了，她不時地叫著我的名字。與我相反地，她哭得非常傷心。看著她的心受著鞭打，我一聲不語，留下墓地上獨自哭泣的她，我大著腳步回到住的地方。

我感到一陣報復的快感。

父親死後不久，我開始戀愛了。那陣生活是怎樣開始的，連我自己也分不清楚。我只知道，她長得像我的母親。「我不再想母親了，我心中已經有另一個女人。」我曾在日記上這樣寫著。母親要離開父親的時候，並未在我心中留下多大的陰影。直到有一天看見她和她的新丈夫在一起那種親切的樣子時，我才感到失去了很多東西。小時偎依在她的懷中，聽冬天的風敲打著門窗，或是在父親盛怒時，享受她輕輕的撫摸，這些影子像火一樣在我心中亮著。「母親的愛已屬於另外一個人了，在這世界上我只能算是一個孤獨的客人。」十八歲時候我已經有如此灰白的心情了。我的母親的新丈夫，如她所說，「是一個有著藝術氣質的人」，假如他愛的不是我的母親，我想我會喜歡他。但我拒絕他乞求似的邀請，一直沒踏過他房屋的門檻。

母親的遺書前半部，只是一些囑咐的話，在這世界上沒有人能夠了解我，就是那個使我暫時忘卻母親的少女，知道我也並不比得別人多——所以在我母親去世後的那年冬天，她終於離我而去，而我當時灑脫的態度，著實使人把我當作情場老手看待。我知道從她那裡找不到失去的東西。我想：沒有母親的離我而就她那「藝術家般的丈夫」，更令我感到失戀的滋味了。

但是，失去母親又失去戀人之後，我漸漸地瞭解了寂寞的母親。她的遺書使我看到一個在幽暗而孤獨中掙扎的心靈。「我的生命只是灰白，我的歌聲只有寂寞。」她三十幾年的歲月就在希望從父親心靈中能夠挖掘出一些東西的期待中過去。她述說著：「在初嫁的幾年裡，很多夜晚抱著襁褓中的你，在昏黃的燭光下，獨自等著你的父親，一直到達天亮。」在失望之餘，她決定突破少女時代所受的婦德教育的牢籠。「是依服於噬人的觀念，還是去追求自己？」她這樣徘徊著，終於掙脫了她那家族給她的束縛，離開了我的父親。

從她的遺書裡可以獲知她重婚後的痛苦，與其說那是對父親和我的內疚，不如說是她抹不掉少女教育的陰影。「一個重婚的中年的婦人，要得到世人的諒解，真是太難了。」我的母親這樣哀痛地說。她並且用了兩頁紙訴說她的寂寞：「世界上恐怕沒有比寂寞更可怕的了。」她這種被早年的本能和後來觀念論侵蝕的心，一直到她的去世還沒有停止。醫院的護士說：「有時夜半，她還伏在枕頭上寫，有時邊寫邊泣，任何人也勸不住。」想起得了嚴重的癌症的母親，還要忍受身體的痛苦，把自己受創的心挖出來，以求得兒子的諒解；想起失去了妻子的父親，在孤獨中得不到兒子的慰安；燈光下，我禁不住哭了。

——我已經是一個殺害雙親的罪人。

「你要好好地做人，找一個愛你的妻子。在這一生中，我是一個失敗的妻子和母親。」母親後面的話，好像是舵手恐懼一隻船找不到航程，以致反覆說著一種對幼兒囑咐的話。現在沒有人能夠比我再領悟有島武郎《給幼小者》的真情了。我發覺在這世界上被我愛著的只有我的母親。現在已經沒有地方找到她了。我已無法去愛一個和母親不同的女子。懷著一種罪犯的內疚，向往日的戀和十八歲時那樣的理想，宣布了我的告別。

內陸河

接到母親第六封催促的信，我終於回到這個已經住了十年以上的小城。雖然距上次離開家，僅不過半年的時光，仍然使我對這座城市生有一種揮之不去的陌生。而一想起近兩個多月的耽於菸和酒，耽於街巷中每晚荒唐不經的散步，這種內疚就拉長了我和家中每一個人的距離，尤其是我的母親，我真不知對她說些甚麼才好，彷彿她的期望第一個兒子重振家聲，已和我的行徑配合不來，猶之乎一個放不起的風箏，只能在地面上翻滾著。但是可悲的是自己仍不得不裝成大有作為的樣子，讓全家把希望交在我的手裡。二弟和三弟再過一個多月就要考大學了，在火辣辣的競賽中，他們正以一種無所適從的茫然，期待著我的歸來。尤其二弟，他的每一封信都顯露著焦急和不安。去年他以五分之差被擠出大學的門外，懷著落第者的心情，今年他懼怕再落在三弟之後。而在這樣熱切地盼望中，我卻像每晚在街巷中做著荒唐的散步那樣，遊魂一般地回來了。

走出車站，轉一道街就到了家。僅不過半年，院子裡的尤加里已高過房子了；籬笆上的旭日藤爬得密密的，在這靜悄悄的巷子裡，寂寞地開著一串一串的粉紅色的小花。從父親去世後，這座房子就不曾整修過，剝落的牆壁和天花板，以及破了的紙門，正足以說明我們這個家的沒落。從籬笆望過去，樹蔭的躺椅上正睡著面色蒼白的二弟，無疑地他是在疲倦中不知不覺地睡著了，以致於幾本教科書零亂地在他腳前散落著。他那流著口涎的睡相、沁滿汗水的額頭，和那握著英文生字本的瘦黃的手，對我真是太熟悉了。才不過四年呢！我想，而二弟比四年前的我長得更高了。如果今年不幸再落了第，他的年齡就到了應該入營的時候。對於這個比我還要高大的年輕人，我不禁憐惜起來。

「弟弟！」我隔著籬笆叫著。

晚飯以後，二弟和三弟上補習班去了，家裡只剩下母親和我兩個人。她以一種喜悅而又帶著哀愁的臉色看著我，我不時地躲開她的眼神，把頭低了下去，我生怕從我身上被她看出這幾個月的荒唐和不安來。然而，她只以一種母親的口吻責怪我不該在大熱天裡還跑去擔任家教。對於這樣一個母親的關懷，我彷彿感到一股熱流通過我的全身，幾個月來不被人關心、慰撫的身心，幾乎使我要像幼兒般地俯向母親嚎哭起來，這情形一如匍匐著回家的浪子看到雙親不變的慈祥那樣，使我說不出話來。

「事情找到以後，」母親說：「也該留意結婚的事了。前幾天還有人要來作媒呢！」

多麼落伍的玩意！我不禁又咀咒起來。而剎那之間我意識到自己突然長成了。立刻，我被一種無名的悲哀掩蓋著，過去的那個生活的圈子，不再屬於我了；而未來的，一方面不知如何進去，一方面覺得格格不入。彷彿自己正趕著舊小說上所講的「前不接村，後不接店」的夜路，獨自在大戈壁上徬徨著。只不過兩個月呢！一畢業出來，人好像都變得現實了。有著詩人氣質的潘，竟拋掉寫詩的筆，坐上一家大的當鋪的櫃檯；而眉卻一聲不響地嫁給一個五十多歲的華僑，到火熱的南洋去了；我這被視為騎士的人物，也不得不每晚荒唐地踏著街巷黯淡的燈光，欣賞著那些賣笑的女人，讓粗劣的菸和酒痲醉自己。只不過兩個月呢！我嘆息了。

「媽！」我沙啞著：「我對甚麼都沒有勁呢！」

「那怎麼行？老二、老三正要你打氣呢！他們都報考了你讀的系。」

「怎麼？他們不是要學理工的嗎？」

我簡直要叫出聲來了。四年來被我壓伏得扁平的憤怒，竟又要復活了。中學的時候，我以一種近乎十字軍東征的狂熱，拋開每天五十餘題的數學演草和繁複的化學公式，埋首於被人們視為異端的×博士的著作中。接著，不顧母親的傷心，決然地選擇了×博士任教的學系。全校都以多疑的眼神看著我，而背地裡竊竊私議著一個白蓮教徒般荒誕的少年的未來。他們也許在議論著，這真是某家的不幸哩。而我在離開那座小城踏上入學的路程時，真彷彿一個立志出鄉關的背劍少年，抱著「學不成名誓不還」的心情邁上征途。我感到一種叛逆的亢奮。

然而，我不知自己正歸於幻滅中。×博士家的沙龍已成為麻將的場所，再沒有火把一般的談論，而那些狂熱，那些新的流派，那些神明一般的異端，都在那些酒精和菸灰缸裡埋葬了。然而，有幾個晚上，我仍止不住坐上×博士家的沙發，虔敬地聽著人們一字一字的談話，希圖從其中找回一些青年時代的×博士的形影。結果我是失望了，這種失望彷彿在禁慾論者的家中發現眾多的妻妾一樣，不覺沮喪起來。我心中的普羅米修斯，已不是被鎖在高加索山上，被禿鷹們咀啄的英雄，坐在他洞穴中的只是奧林匹斯的諸神。

「你知道他們都在學你呢！」母親的話淒涼了。

這種冥冥中的輪轉，叫我如何解說呢？我禁不住想起命運這兩個字來，而接著又止不住對那蒙混自己，而自己又無法向弟弟揭開的命運底轉盤咒恨起來。

母親埋入沉默中了。在黃昏的燈光下，她小心地補著弟弟的一雙襪子。我斜倚在弟弟書棹前的躺椅上，在牆壁裂痕處塑雕著各種不同的幻象。廚房裡吱吱的叫聲，許是老鼠吧！仙杜拉·蒂的畫片貼在半裸的碧姫·芭杜旁邊。真快呢！連三弟也喜歡這些了。而當我俯身向著書棹時，眼睛突然落在玻璃下那張照片上。那是二弟穿著父親的西服照的，他愈來愈像父親了，而他身旁卻是我那剛結婚一年就當了寡婦的十九歲的表妹。幾年不見，琴已是個少婦了。對於我以及剛過了二十歲的二弟來說，那種穿著緊身旗袍的少婦打扮，真顯得太誘人了。甚而幾分鐘之間我簡直無法安定。

「媽！」我仍舊低著頭：「琴回來了嗎？」

「上次你剛走，她就搬回姨媽家了。」媽媽說：「而且又和老二混得挺熟，鄰居都睜大眼看著，看樣子學校怕考不上了。」她嘆息了：「將來他萬一娶個寡婦，我們可怎麼辦呢？」

我一時想不起安慰的話。二弟的信一封一封地聯結起來，在我四周躍著火圈。頓時之間，我了解了他的煩躁和不安。我彷彿看到荒島上的魯賓遜無助地向天空哀禱，對於一個剛過了二十歲而又遭到落第命運的弟弟，他的心該比魯賓遜還要寂寞吧！而就在同時，那些街巷中的濁黃濁黃的燈光，那些用厚厚的脂粉掩飾著皺紋的女人，與我弟弟的信交織成幾條火蛇，在我四周飛舞著。我忽然找到一句安慰的話：

——媽媽，他們都還是孩子呢！

我不禁為自己的謊言臉紅了。兩年前，琴參加一項時裝表演；從那時起，她的名字常和名媛兩字排在一起，一次一次地在報上出現著。我知道一個愛吹泡泡糖的紅裙少女已在我心中抹去。而後，她突然輟學和一個海員結了婚。我則在一陣茫然的狀態下，藉口要趕寫讀書報告，離開家獨自住在學校裡。我的生氣琴是不知道的，就像她不知道我對她的關切一樣。在她心中，我那沒有笑意的臉孔，太像一個長輩了。而今她新寡著回來，該忘卻的正可以忘卻了。但作為兄長的我，該向弟弟說些甚麼呢？我困惑了。我剛從那種無告的自絕的生活中掙脫出來，面對寂寞而需要相互扶持的弟弟和琴，我將怎麼辦呢？讓他們就這樣下去吧！我自慰著。

當我睡了一陣醒來的時候，二弟和三弟都還沒睡，隔看紙門，可以聽見背誦著那些彷彿從千年古墓中挖出來的古人的名字。三弟正伏案疾書著。蒼黃的燈光下，我忽然意識到兩個幽靈，在時間漫無邊際的道路上徬徨著。從明天起，我想，我要給他們訂一個作息表。屋子也該修理修理，牆壁也該粉刷粉刷了。弟弟房間的燈光透過紙門的縫隙，照在我書架上底×博士的大本的著作上，那原不過是平裝的，我特地把它裝成現在燙金的樣子。這些埋藏著多少異端的字句，每一行對我是光和熱，有很長一段日子沒有翻它了。今夜，那些曾和我同在的異端、新的流派，又走了過來，突然之間，我們之間已經感到無比的陌生了。甚而，要對之咒罵，揮之遠去了。

大學生活的最初階段，簡直令我摸不著邊際。每天晚上，大批大批的被目為下一代主人的青年人，沉醉於瘋狂的舞會和梭哈中。而當我坐上教室的座位時，我發現對於一個如我這樣虛無黨一類的荒誕的少年，這簡直是一座魔窟了。猶之乎通過了窄門，而發現裡面只不過一片空的一樣。整整兩年多的時間，我埋首於抄寫碑帖，中間或作些舊詩詞，而那些曾在我心中閃過火花的×博士年輕時代的著作，早不知丟到何處了……

二弟和三弟不時咳嗽著。許是感冒，也許是肺病侵襲著這兩個瘦弱的青年吧！這樣想著，便以一種儼然家長的尊嚴，命令他們睡去，而我卻一時無法合眼。牆上的壁虎咯咯地叫著，半年沒有聽過這種聲音了。我仰臥著，看著牆上剝落的斑點，靜聽著連續的咯咯的叫聲。不一會，弟弟們深沉的呼吸便從隔壁裡傳來，在炎夏裡苦讀一天，他們真也累了。我忽然想起琴，媽媽是不喜歡寡婦的，我想，明天要去看看她了。她長披的頭髮，微張的小嘴，緊身的旗袍，在我腦中絞散著。明天，也許有很多事要做，怎樣做呢？到明天再說吧！我只感到自己像一條找不到海口的內陸河，寂寞地在沙漠中流過……。

匍匐之秋

他把蠟燭點著，燭在桌子上，桌上有一對檯燈，他沒有打開，他只想看那素燭的火焰。那顏色真美，它不是紅，也不是黃。他意識到那是一種他從未見過的白。　白色的火焰，他止不住想：那真是奇異的。他從未像今夜盼望有一堆白色的火焰自心中燃燒。如果自己能被化成灰，涅槃、這真是怪想法，自己怎會有這種異教徒的想法？　燭燃得很好，時間該屬於祈禱和懺悔了。　他跪下！動作像軍營的操練。怎能不熟練呢，已經十多年的課程！然而，他竟合不攏眼，這應該也是一種失眠。　燭燃得真美，是誰說過一生渴望尋找冰山中的火焰。想起來了，是那個蒼白的青年，有人叫他詩人。自己曾好幾次和他爭辯過，那真是個荒誕的人。他對天主和神殿的嘲笑，每句話都是箭。他還說過在所有宗教的角色中（他竟連神這個字也不願用），他心中只有聖瑪琍亞，因為那是女性的象徵。　然而他的詩真美。異端的詩，他止不住打心坎裡喜愛它。這樣的青年竟被送進精神病院了，多令人惋惜的事。　（白色的火焰，冰山裡的火焰，白蓮教徒竟在心中混為一個不可名狀的東西）。　明天自己該去看看他，每一次去那裡，只是為神工作，如司鐸說的去和痲瘋、顛狂等一切苦痛同在。這一次應是屬於自己的行為。　那家醫院在一座小山上，多少年來他走熟了那條路，有時在那漫長的路上，火熱的太陽把頭照得昏沉沉的，把兩腳拖得像路上曬化的柏油。那時自己只是想，想著司鐸的話，想著接受神職那天的聖典。大主教說，我們來世上不是享樂的。多少年來自己被這種意念引導著，有時自己真也把自己塑成一幅聖徒的樣子，一個背負著十字架的耶穌。　在火熱的太陽下行走，他幾已忘卻自己是一個塵世的人，就像面對那些教徒的時候，他只意識到自己是與他們不同的，天主一面的人。然而今夜真不成，合不攏眼的祈禱和懺悔比那種失眠還不易忍受。已經是子夜了，司鐸已熄燈睡去好一陣，素白的蠟燭還有一縷縷青煙呢！白色的火焰，純粹的白，那是包容了一切色彩的沒有一物的白，在冰山中它該豔麗得像一朵紅色的薔薇。在冰山地帶，連愛斯基摩人也不願去的地方，假如自去那裡，讓天主找不到自己，就像小時候躲避父親的責罵，向村莊西邊跑，跑向那荒蕪得沒人去的地帶。就像那個詩人說的去追求自己。　唉唉，自己在想甚麼，怎能讓幻想代替懺悔。司鐸說過，幻想之為物，往往造成異端。今夜自己真被塑成異端了。　他閉上眼，伏下。　慈悲的主，……怎麼今夜的祈禱成了不被接納的語言，Thought without inspiration。無水的沙漠，僵硬了的畫眉鳥的舌。　今天只是個平常的日子，舊曆十六。今夜的月色真迷人，但窗子還是關上，看見它自己會更亂，更抓不住思緒。壁上的大鐘敲了兩下，但願明天早些到來，他從未這樣盼望過明天。明天他願早點拋開那些纏繞自己的黑影。　環河路真靜，那是四個鐘點以前，每天自己幾乎都從這裡經過，卻從未這樣被吸引著，許是奔跑著一家一家窮病人家太累了，也許是十字架的熱狂忘卻了自己身外的世界。　寧靜的環河路，自己真想哼一支〈藍色多瑙河〉。那時真不該多往四周看，不然，就見不著那一對狂吻的情侶。　那時自己真是休克了，而且像落在水中，往下沉。往下沉。月色。乳白色的網。史特勞斯的旋律。　前幾年自己在每次自戕以後，總要很久很久定不下心來，總要祈禱著懺悔到夜半，才能靜靜地睡去。　近來真不行了。自己為甚麼會在那一忽想起前些日讀過的社會新聞，要不然自己將不知道順著那路下去有那樣一片地方。　我要當自己的主宰。異端真是伏在周遭的精靈。就像自己盼望會從黑巷裡跑出來拉住自己的那種女人。　燭火真有點迷人。幾個鐘點以前，那真是一場戰爭。如果那時看得見自己臉色該不知屬於哪一種式樣，就像捉不住的自己的腳步一樣。這真是戰鬥，一面盼望有人主動拉著自己，一面卻不敢看那綠燈的小屋一眼。　罪惡之出現猶如那蛇引誘亞當。司鐸曾這樣說過。他是不是也被某種異端誘惑過他盼顧那些女孩子，總使我覺得有點不自然。就像我對於薇一樣。她現在該正舒適地在伊里諾衣斯過著學生生活。上個月的信她說要去五大湖旅行。如果她能寄張照片來多好。今年她該廿三歲了，赫本式的頭髮不知改了沒有。剛來這裡補英文，她才只十七歲，那正是自己進入神道院的年齡。　她每個禮拜來兩個晚上，那真是不安的兩晚。（冰山中的薔薇，白色的火焰）　那一晚她替自己插了一瓶紅薔薇，那些花瓣現在還夾在一位西班牙詩人的集子中。每晚她一坐下，自己先是替她倒上一杯水。那一晚，那一晚，她的杯中還剩下一層茶根，她一走，自己竟喝了個乾淨。

素燭燒了已經一半。那一晚，自己發覺常日的修行竟完全崩潰了，好在還能有一個被接納的祈禱。今夜可一切不行。素燭竟堆起燭淚來了。多像過年的景象。他想起家來了。家，垂楊柳的小鎮，小巷中每早有賣青魚的叫賣聲。

他記不得父母死去那年的事了。那年他才五歲。他現在僅能記住那座教堂，因為從七歲他便住在那裡。而十五歲那年，經過叔叔的同意，他便被奉獻給神。

完全奉獻，完全忘卻自己，他不復知道自己。今夜的燭燃著，燃著。他真盼望那種白色的火焰把自己燃著，把自己火化。聖瑪琍亞的神像俯看著他，今晚他覺得從未感覺過她的眼神是那樣溫柔。媽媽，他低聲叫著。薇，他低聲叫著。在所有宗教的角色中，我心中只有聖瑪琍亞，因為那是女性的象徵。他想起那蒼白的詩人。明天去看他。也許他會抓自己的頭髮，撕碎自己的袍子。然而現在倒真盼望他那尖聲的叫，他那箭一般的語言。

今夜一切都不成，他不得不強制閉上眼，然而竟感到無所要懺悔的事。對於今天的行為，他不再有所震驚。而匍匐在神殿的，他覺得不是自己；匍匐著的是秋天，是那有著迷人月色的秋天。

變調的玫瑰

今天是母親節，早晨躺在床上看報，久別了的母親突然勾起我一種不可名狀的思緒。

倩衣襟上今天插著一朵紅紅紅紅的玫瑰，她說她要用這紅色說明她在幸福地與自己的母親生活在一起。　你也該戴上一朵，她說。而且動人地笑著。而且在我心中打著很深很深的漩渦。但我並不真地喜歡倩。　今天的天氣真好，藍藍的天，窗子下的茉莉一大片一大片開著。　我要把這封信寄給媽，倩指著手提包說：禮物我已寄去了。今天我要好好地玩一天。　天柔軟得像倩的秀髮，叫人止不住地沉醉。　倩說，我們去海邊野餐吧。她的眸子好深，而況她又輕輕地理著頭髮。　天真藍。我不喜歡倩，一種莫名的茫然。茫然得有時盼望著和她在一起，就像現在想和她一塊去野餐。　倩是一個稚氣的孩子，我一說不喜歡她，就禁不住地哭了。於是說著哄著用謊言拭去她的眼淚。　我對自己說，這不是我所找尋的。但出門時，倩幫我打領帶時的體貼也讓我感到欣喜。　天好藍，夢般的藍。窗子下的茉莉一大片一大片開著。　我要在你衣襟上插上一朵玫瑰，倩說：要紅的還是白的。　倩真健忘，上個月我不是對她說起遠在家鄉的母親。我不想戴上一朵白玫瑰，紅的也不想。我只對她說，給我一朵黃色的吧，一朵黃得醉人的玫瑰。而倩竟像聽過笑話一樣吃吃地笑了。　她說，哪有這回事。母親在的戴紅花，去世了就戴白花。而黃玫瑰代表甚麼呢。　她吃吃地笑著，真是個稚氣的孩子。以倩的童心她將永不懂得我想對她說的那種 emotion of life，那黃得醉人的玫瑰。因此我只用手臂摟緊她的腰肢。

黃色的玫瑰。沒人懂得的。今天是母親節，別人和別人母親的節目。天真藍，我曾有過這樣的夢。沙灘的金黃閃著。　倩的貝殼再撿半天吧，我需要靜，躺在搖籃裡的靜謐。　今天是母親節，上好的天氣。我出生的那天是怎樣的天氣。那一定沒有這麼好。如果翻一翻那年的天文記載，那一定是個雨天，連綿著憂鬱的雨季，那一年，那一年是屬於哭泣的日子。　（父親說，你的母親和你在那時都幾乎死去。）　海真平靜，它的藍是天的姊妹。　你看這些貝殼多美，倩歡跳著說。然後把它丟在我的身旁然後在我身旁靜靜地躺著。　倩的臉圓圓的，這是和母親同一型的臉。如果有一個這樣的妻子，母親會樂意的。　天好藍好藍。太陽溫柔地照著，小陽春，南國的薔薇。　倩竟微微地睡了，她輕輕閉著眼，多修長的眉。而她的頭髮捱著我的脖子，勻稱的呼吸令我沉醉。今天是母親節，出生那年一定是屬於陰雨的日子。　講講您的母親吧，倩低低地說。我該從哪裡說起。　（中學的國文老師曾罵我是逆子。那篇作文怎麼寫的，啊，記起了，我說十歲以前我沒見過自己的母親，我跟奶媽住在奶媽家。……多少年的作文怎麼還得起噢想起了，我說回到自己母親身邊時，總覺得自己是奶媽的兒子，而自己的母親只是自己的主人。）　天真藍，倩胸襟的玫瑰被太陽染得更紅了，幸福的紅色。母親，但願再見您時，時間已拉短了我們的距離。　我不喜歡倩，一種說不出的茫然。（蓓電話上的聲音為何如此冰涼。她是個纖弱的女子，她是屬於夢的柔風，捕捉不住地，能使檸檬一夜之間開遍花朵的風。）　倩緊緊地貼著我，她說，將來你喜歡有幾個孩子。我們為何還不結婚呢。倩就是這樣的女子，談了房舍又談孩子。　我真怕這些。倩，我說，我背波特萊爾的〈邀旅〉那首詩給妳聽吧。然而倩只聽到「讓我們去那陽光的島」便止不住打岔了。　於是我只有獨自望著藍藍的天，想著誕生那年的雨季，想著蓓，那捉不住的風，那有如小陽春有如沙灘有如休伯特的一聲阿韋瑪利亞的黃得令人沉醉的玫瑰。

< 微雨

這一定是雨季了，我不知道它是從甚麼時候開始，也許是昨天，也許是昨天的昨天，也許更久。在這座弟弟居住的小閣樓上，玻璃已被雨水濕得模糊了，我的感覺也被雨水淋得濕濕的，而在這濕濕的迷濛之中，我竟又看到了長別的弟弟。弟弟已經死了，我不知道應該怎樣為他寫一篇傳記。當我們還是孩子的時候，我曾應許過要把他的生平寫進自已的作品。那時候他的年齡正容許他作著羅賓漢式的夢，而我也在幻想著自己未來的作家生涯。但是在經歷了父親的入獄和弟弟自殺以後，我忽然覺得弟弟和我以往的行徑是那樣荒唐不經起來。弟弟的英雄的夢和我所作的作家的幻想，都僅僅不過膚淺幼稚的騎士故事，一想起來，似乎那只是一種屬於羅曼斯的可笑，以至於我不敢寫下我的弟弟。然而重重往事有如這濕濕的雨季，濕濕地沁人心脾，淅瀝淅瀝的綿綿不斷的雨滴彷彿是我的弟弟在陰暗裡踱著的腳步，但一回想起來，又像這雨季的霧，迷濛得使我摸不著邊際，甚至於使我在這迷濛之中找不到自己。弟弟在這裡時，還是一個十足的孩子，就是在離家那年，他仍是用那種童稚支撐著自己，出國的前一晚上，他時而蹦跳時而攀著我的脖子，整夜不眠地說著自己的亢奮，以至於這一生裡我們不曾好好地有著一次告別。由於他是父母的么子，所以一從中學畢業出來，他就在親友的羨慕下被送到國外去，在以前父親念過的那所大學裡攻讀。我家的門第和產業，加上父親在那所學校的聲名，使得他在那裡過著安適的生活。

「也許我應該在天空中寫下自己的名字。」弟弟曾經這樣說過，那時他正有著一個征服太空的夢。因此他能以幼小的年齡，無視家人的傷別，昂然踏上了旅程。這種昂昂然，一直到我們這個家突然衰落以前，還未曾有所改變。我的案頭有著一幅他幾年前的小照，那種神姿幾乎把背後的摩天大樓給壓倒了，然而誰想到他終於竟讓那冰冷的建築吞噬了自己。很長的一段日子，那高聳的大樓成為逼我的夢魘，不時地用它黑色的巨爪把我撕得一片一片，而這種黑爪有時又彷彿是鎖著我的父親的鐵鍊。日子一久，我已分不清撕裂我的是我的弟弟的死亡還是我們門第的坍頹。我感到從不曾有過的茫然。

接到弟弟的死訊的那天，家裡每一個人都像是已被那張薄薄的電報擊倒。自從父親入獄以後，弟弟的頹喪對我們已經不是陌生的了，但是卻萬不曾想到他會就此結束自己的生命。弟弟快要完成大學的學業的那年，像午夜的山崩一樣，父親突然被牽進一件巨大的案子裡被人告發了。對於我們那真是一場噩夢，而尤其令我們不安的，這件案子竟涉及於父親幾乎一生的作為，假如罪名成立，父親勢必要被囚進牢房裡，讓咒罵、諷譏、悔恨陪伴他的一生，而自此以後，我們將無法再讓驕傲走進我們的家譜。舉家的惶恐是可以想見的，尤其弟弟，我們本想瞞著他，但父親的聲名卻使得我們無法阻止這事件的傳播。「在這陌生的城市裡，我開始懼怕遇到自己的同胞，因為我忍受不了他們的譏笑。」弟弟的信這樣說。這種新染上的自卑感日益一日地浸蝕著我的弟弟，以至於最後決然地斷絕了他和最鍾愛的薏的來往。雖則如此，他仍不能不懷疑那被社會新聞用最大號標題指謫的人，竟是那一回想起來就令人感到無限溫暖的父親。「在這世界上，我們只剩下一件必須要做的事，那便是去拯救我們年老的父親。」弟弟的信一封一封地催促著，我想沒有人能夠比我更清楚父親在弟弟心中的重要位置，甚至於父親自己。從他幼小以來，他總是父親出遠門時的陪伴；對於他，父親總是兼著慈母的工作，以至於母親自己也沒有在他心中具有如此深沉的意義。這種特具的偏愛從小便成為大家忌妒爭吵的根源，「世界上，沒有比父親更偉大的了。」弟弟中學時期的作文曾這樣寫過，這種深厚的駕乎一般父子關係的感情，一直到弟弟去世以前，似乎還不曾有所褪色。假如沒有父親的疼愛，沒有與此疼愛密密聯繫著的理想，他也許不至於會如此絕望，如此的自責，而結果以自己的手毀滅了這一家族給予他的生命。

此後一連串的日子，我奔波於親友之間，忍受著人們的嘲笑與白眼。每天清晨和傍晚，我幾乎舉不起手中的報紙：社會新聞的黑體標題很有一段時日成為我家的賓客，驅之不去；而當我走在街上，就有人竊竊私議這是某某人的兒子。然而父親的案子終於沒有起色。在這些奔波的日子裡，使我漸漸地了解我的父親，他和弟弟似乎都是同一型的人物，同樣要在我們的門第上建立起我們這一家族的英雄的城堡。但萬不曾想到，父親的英雄角色竟演變而為馬克白（Macbeth），而我的弟弟也終於從摩天大樓的高空毀滅了自己。多少日子以來，我已模糊於他們所要建立的城堡的幻影，彷彿弟弟跳下的不是異邦的高樓而是我們家族的古老的門樓。上世紀以來的我們這一家的唐吉訶德式的夢終於被父親的入獄和弟弟的死亡敲醒了。我感到一片惆悵。

父親的案子終於宣判了，在鐵窗裡他將度過自己的餘年。我依然不停地奔波著，整天忙碌於上訴的事。我知道，在這無助的世間，只有這件事還值得我為父親去做，有時忙碌到夜深，我還不能安靜地睡去。一邊是弟弟聲竭地催促我去拯救我們年老的父親，一邊是另一根鞭子斥責我上訴的愚昧。在人子與自我之間，我彷徨著找不到出路，我從沒有像這一段時日更感到人世間一些義務與責任的無聊和苦人了。前未曾有的倦怠侵襲著我，所以，上訴被駁回的時候，我反而感到一種泰然。

弟弟對於父親的最後一線希望，終於被我們家的歷史和與它糾纏在一團的父親的功業撕破了。這種身心的破產對於弟弟的打擊是可以想見的。「從此以後，我不敢再重溫兒時的舊夢。」他如此自責著：「以前我一次又一次向別人描繪著我們門前那對巨大的石獅子，誰知它們張開的大嘴竟是在嘲笑我們古老的門第。一想起父親莊嚴得像古典作品的教訓，就愈使我了然於那古典作品中的謊言，一如愈回憶起故鄉的多姿的門樓，也就愈清楚我們的自私。從今以後，我們將都是不敢打過去回想的人。」慢慢地他流露著一種遁世的意念，從他漸漸稀少的來信，可以想見他要擺脫這個令他傷心的家。「這座學校時刻有著父親的腳步緊迫著我，令我幾乎喘不過氣來。」這就是造成我的弟弟輟學的原因，而從薏的來信以及弟弟學校在他輟學前不久的通知，可以預知即使我的弟弟不自動離校，遲早也要遭到開除的命運。「多少次他拒絕我的來訪，只有一次當他出外的時候，我才看到他滿是菸灰與酒瓶的房間。」薏的信每一封都傷心地為弟弟哭著，沒多久，她終於忍受不住弟弟的頹喪和別人結婚了。

弟弟的骨灰運回的那天，機場上吹著很大的風，天陰陰地像是為我的弟弟致哀。當我漠然地從機上人員接過那用一塊褪色的黃布包著的罈子時，我真不敢相信裡面躺著的竟是我那還不滿二十歲的弟弟。我捧著骨罈，一步一步無力地走下扶梯。望著機場上，一隊隊即將登機的和我弟弟年齡相去不遠的少男少女，我再也止不住淚水。同我一樣的，我們全家人都哀泣著，尤其我的母親和姊姊，更傷心地號哭起來。看著他們被痛苦鞭打著，我忽然感到一種報復的快適。而對著陰沉沉的天空，我幾乎要大喊起來：

——啊弟弟，你在哪裡？

弟弟又回到家裡來了，我們把那座小閣樓整頓好作為他的安息之所。「許久以來，我渴望著回去，也許只有門前那棵合抱的大榕樹可以慰我的寂寥。」在死去的前一年裡，他幾次這樣訴說著。現在弟弟終於回來了，誰知道這個衰落的家能給他如何的安慰呢！也許這不是他所盼望的歸骨之所吧。在那裡，母親常常夜半一個人跑上去獨自哭泣。多少日子我企望著弟弟的魂靈的歸來，然而除了耗子的跑動外，這座小樓卻愈來愈顯得平靜。突然我懷疑弟弟真的死了，好多次我想把他的骨罈打開來看看，我卻一直不敢，我怕那將冒犯了我的弟弟。時間一久，我發現自己對任何事都漸形麻木了。

自從弟弟死了以後，父親的頭髮已全部白了。那一天，當我隔著柵欄告訴了弟弟的死訊時，一陣暴雨似的，父親的眼淚落了下來，他兩隻手緊緊地抓著鐵欄，像是無法支持下去。一陣沉默之後，他無力地向我擺擺手，示意要我回去，然後一個人孤獨地踱回那道長廊。「現在世界上唯一值得我們去做的，便是去拯救我們那年老的父親。」隔著無人的鐵窗，我彷彿看見弟弟在向我招手，也許他的魂靈會在那空虛的囚房陪伴著父親。每一個禮拜天，我都要到遠離市區的山郊裡探監，然而，父親從此以後不曾再提及過弟弟的名字，而每一個星期天我也只像值班的更夫那樣，被一種無名的力量催促著去探望我的父親。父親距我們確是漸形遙遠起來。坐在公路汽車上，彷彿四周人都注視看我這一個破落人家的兒子，而每一次看著父親穿著囚衣遲緩地從牢房裡出來，真想要跑過去抱著他痛哭一場，然而大半時間我們只是相對著無語。

前些日子，無意之間翻到了弟弟的一些遺物，我再一次又被過去擊痛，於是我立定決心要把他留在人間的東西從頭整理一下，冀望再重溫一下兒時的舊夢，然而一往過去回想，就會看見弟弟滿身血斑，向我嘲笑著說：「我們已經是沒有資格去回憶的人。」於是只好把手中的相簿合起，也許我真該學習忘卻了。

然而，這濕濕的、陰暗的閣樓，終不能讓我的思緒長眠。除了日夜奔波不停的耗子的腳步，這世界上似乎一切都是飄忽的，沒有一樣伴著這罈骨灰。我忽然覺得，只有這季節，這季節的陰濕屬於我那年幼的弟弟。

大山

雨

沒有人知道雨下了多少天了。彷彿邱先生動手術那天，雨已經這樣下了。現在他平躺在床上，用一根細小的竹條小心地刺探著上了石膏的雙腿。

「真癢呢！」

他喃喃自語著，偶爾轉動著身子。他對面的牆壁已被雨水沁得長上一層薄薄的灰霉，不規則的排列成罌粟花的樣子，在那一群花片之中，兩隻壁虎在慢慢地爬行著。那真是一對醜陋的動物，從清早起已經是第四次出現了。當牠們第二次出現的時候，那隻瘦小的正咬著另一隻的尾巴，結果曾有一段時間糾纏在一起。那時候，白醫生正用鉛筆敲著邱先生的腿。

「怎麼樣？」

「癢得難過！」

「耐心點！耐心點！」

他一面說著，一面又用鉛筆敲著貝貝。貝貝躺在邱先生隔床，他得了脊椎盤突出，開刀快一個禮拜了。

「白大夫，我好了還能不能打籃球？」

「你不要再貪玩了，你該好好念書。」

「我不能再打了嗎？」

「你先要乖乖地把病養好再說。」

白醫生是幾位住院醫生中最年輕的一位，鐵青色的下巴配上那一道濃濃的雙眉，使人想起一些在電影中見過的人物。

「像卡萊．葛倫。」

「不，像泰隆．鮑華。」

「嫩得很呢！」

羅老和康先生爭辯著。據羅老說，白醫生是一個畢業沒有多久的醫科學生。

「新來的大夫總要被那些護士捉弄。」羅老說：「我就親眼看見白大夫被密斯林逗得滿臉通紅呢！」

在這間病房裡，羅老是資格最老的一個，他的右臂摔斷了，兩條腿又患了嚴重的風濕，不良於行。本來他的右臂早就應該拆除石膏了，卻一直沒有拆成。

「人老了骨頭也長得慢，」他經常自己解嘲著：「我看還是等閻王來拆吧！」

「那也得先訂做一個特號棺材才行吶！」康先生說。

聽到康先生的話，再想起羅老睡覺時半懸在空中的手臂，不期而然都笑了起來；那硬直的手臂一直在做著敬禮的姿態呢！

在病房裡，羅老和康先生成天相互諷嘲著，他們兩人的年紀本來相差不遠，再加上又得了同樣的病症，因此使他們更容易攀拉起關係來。康先生在還不曾記事的年紀離開家鄉，一直跟著叔父住在韓國，而羅老這個西南方的人，卻在康先生那個北方的故鄉，住過兩年四個月。因此之故，他們竟像鄉親一樣互相攀敘起來，有時夜半兩個人同時睡不著時，便彼此很關切地安慰起來：

「你不舒服了？羅老。」

「唔唔，你又痛了！」

於是兩個人在黑暗中便相對著抽起香菸起來。有時從睡夢中睜開朦朧的眼睛，還看見那兩星紅紅的火光在黑暗中一明一滅著。

一個老婦人從走廊走過，這一定是快九點半了，每天她都是這時候走過這裡，一直到夜深了才一個人拖著疲乏的腳步回去。

「真可憐呢！」密斯林說：「她的兒子拖不過這個月了。」

「拖不過嗎？」羅老說。

「真難呢！才不過二十四歲的人。」

今天她走過的時候，正和白醫生打個正面，她整個眼光便流露著希望起來。

「白大夫，這種藥能拿給他吃嗎？」她手裡提著一個紙包。

「是草藥嗎？」

「一個新的單方。」她說：「好多人都治好了！」

「你試試好了，可別讓別的醫生看到。」

她欣慰地走過去，每個動作都充滿了安慰和感激。壁虎又在邱先生對面的牆壁上出現了，牠們沿著天花板和牆壁連接的地方慢慢踽行著，那種翹首的姿態真像是一對鱷魚！雨淅淅瀝瀝地愈下愈密了，靠近李主任的那兩扇窗玻璃，已經濕成一片模糊了，一條一條的雨水便順著窗子流下去。

羅老把床位下面的一張椅子拉出來，一個硬紙的棋盤上零亂地堆散著一些棋子。他朝著康先生說：

「來一盤。」

「我想睡一會。」

「讓你一個車。」

「……」

「讓你車馬炮。」

「……」

「讓你老將。」

「去你的！」

「貝貝，你要來嗎？」

「我不要，我要抓壁虎。」

「小心你的傷口。」

「我用拖鞋打！」

「小心弄髒東西。」

「不會。」

「你會交壞運！」邱先生說。

「甚麼壞運？」

「各式各樣的。」
「為甚麼？」
「我經歷過。」
「你抓過壁虎？」
「不是壁虎，是老鼠。」
「哈哈，給老鼠咬了！」羅老說。
「比咬了還慘。」
「鼠疫？」
「比鼠疫更壞。」
「在甚麼地方？」
「破碉堡裡。」
「多久了？」
「很久很久了。」

雨愈下愈密了，兩棵大理菊在院子裡寂寞地開著，房間裡的陰濕充滿了寒意。遠處那一座山已經在灰霾中漸漸隱去了。沒有人想談話，連貝貝也是靜靜的，屋簷的水滴有節奏地落下來，聽起來分外清晰；只有邱先生帶有霉味的回憶，一聲聲在陰暗中敲響著——

那真是很久了，差不多快三十年了，也許更久些，我也懶得去計算是哪一年的事。不過我記得那時節春天快要過去了，兩個多月雨一直不停地下著。碉堡是舊角樓改的，下起雨來就到處漏水。從碉堡的射口望去，可以看到敵人的碉堡。我們一排人，除了幾個老兵，除了排長，誰也沒有見過戰爭。從射口望出去，我們看見鐵蒺藜歪斜著，一層一層地拉過去，但是除了下雨，我們根本沒有見過敵人。

媽的，甚麼也沒有，除了淅淅瀝瀝的雨，就只有一大片一大片的蕎麥，開著粉白粉白的花。

沒有槍聲，甚麼也沒有，我們多盼望對面陣地裡出現一些黑影，但是除了雨，除了那開得一大片一大片的蕎麥，甚麼也沒有。望過去，那座碉堡仍然立在那裡，鐵蒺藜一層一層地拉著。

「媽的，有種開火！」

「操你八輩子祖宗！」

不管你怎麼罵，總是沒有動靜。角樓上漏下來的水，不斷地打在地上，整個碉堡就只聽見那滴答的聲音。

賭錢也賭膩了，互相叫罵也罵疲了，就連開飯的時候，也懶得動了。媽的，不打仗就只好睡覺，醒了就看老鼠打架。碉堡中間有道橫梁，老鼠就在那裡竄來竄去。但是除了孫立保和李旺，沒有人知道牠們一共有多少隻。

「一共五隻。」李旺說。

「七隻。」孫立保說：「兩隻大眼睛，三隻長鬍子，一隻瘦小子，一隻短尾巴。」

但是除了他們兩個，沒有人能夠分清楚牠們的樣子。孫立保說，那個叫得最響的是短尾巴，可是我們仍然記不清楚牠們彼此的樣子，我們只記得牠們出現的時刻。

除了排長，沒有人有手錶，但是老鼠總是準時出來，只有一次牠們沒有守時。

「媽的，也許是病了！」

「也許晚上要開火了。」

但是，沒有開火，老鼠也沒有出來。

「老吳，乾糧上放點油，聞到香味牠就出來了！」

「嘟嘟，出來，出來，讓我給你做個鞦韆。」

但是老鼠仍然沒有出來，雨仍然淅淅瀝瀝地下著，沒有敵人，蕎麥仍然一大片一大片開著。

有一天，電話響了，每個人都跳了起來。

「叫傳令兵來！」電線那一頭說。

「要打了！」李班長說。

「也許撤退！」第三班的機槍手說。

「放屁！」

「跟連長說，再不打我們要起霉了。」

「跟連長說，對面在罵他孬種！」

「……」

傳令兵回來了。

「要打了嗎？」

「跟連長說對面罵他沒有？」

「問排長去吧，我不知道。」傳令兵說：「我摸回來兩瓶酒。」

「酒？」

「真是鬼精靈！」

幾個人把傳令兵抬起來，在空中撕扯著。

對面仍然沒有動靜，雨仍然落著。

「有菜嗎？老吳。」

「叫他幹麼，他只有鹹菜黃豆。」

「不，有肉！」

「有肉？」

「有肉！」

「有肉？」

但是，等兩瓶酒喝完了，才有了新的發現：

「媽的，是老鼠肉！」

「甚麼？」孫立保尖叫著：「你殺我的老鼠。」

「是你？老吳！狗養的。」李旺罵著。

然而，每個人都陷入沉醉裡，沒有注意這些。

一切都平平靜靜的，甚麼也沒有，除了敵人的碉堡和鐵蒺藜。雨仍然下著，蕎麥一大片一大片地開著。

但是，碉堡裡的雨漏得愈來愈厲害了，牆上開始長了灰綠色的霉。沒有槍聲，甚麼也沒有，甚至雨水滴下來的聲音也那麼寧靜。

「要是長鬍子還在的話……」李旺喃喃著。

「如果短尾巴……」孫立保無精打采的。

連傻大個也不再朝著對面罵了。

我們的射口冷冷地對著敵人的射口。

每個人都盼望有群老鼠，即使牠們咬壞了你的鞋子。

很多事比老鼠咬壞鞋子更壞。

但是我們甚麼也沒有，也沒有甚麼來咬壞我們的鞋子。

後來戰爭終於過去了，那時蕎麥開始要結子了。當我們從碉堡裡走出來，一個敵人也沒有看到。我們多希望看到他們，我們盼望知道他們是甚麼樣子。但是，除了碉堡，除了鐵蒺藜，我們甚麼也看不到。雨早已不下了，蕎麥綠成一大片一大片的波浪。

戰爭已經過去了，在城裡滿街的人唱著，紅色和綠色的標語密密地貼在牆上。戰爭已經過去了，但是我們沒有見過敵人。

除了潮濕、陰雨、蕎麥田、老鼠、鐵蒺藜，我們不知道甚麼是戰爭，而最壞的我們連槍聲也沒有聽過。

我們一直沒見過戰爭，除了碉堡的陰濕和鐵蒺藜；以後也一直沒有見過。我們只聽到過戰爭，在過兵的夜晚，滿村子的狗一起叫著，我們知道要打仗了，但是我們沒有見過戰爭；我們也跟著逃難的人跑，但除了飢餓、寒冷，我們不知道戰爭是甚麼樣子，一直到現在，甚麼也沒有見過。

如果這兩條腿被炮火打中，也許更好過些。但是它卻癢得像一群螞蟻在上面爬，而且碰上這種鬼天氣。天真暗，一個人躺著，真以為是在碉堡裡，蕎麥一大片地開著，鐵蒺藜在敵人那邊，而我們等待著一次攻擊。

但是他不在碉堡裡，除了雨，除了陣陣的癢，他甚麼也沒有。院子裡兩株大理花在寂寞地開著，天好的時候，從窗子望過去，可以看見那一帶綿亙著的大山，現在除了煙霧，甚麼也看不見了。如果傻大個在這裡，他一定會衝著陰霉的雨天罵著：「操你八輩子祖宗。」但是他不在這裡，那一次戰爭以後，沒有人知道他到哪裡去了，其餘的人也不知道去了哪裡。也許貝貝會叫，但是他睡著了。羅老和康先生是不會喊叫的，除了彼此的嘲弄，他們只是抽菸。一個看護婦走進來把電燈打開，等一會，送飯的手推車就要響了。沒有人比他們更熟悉每一時刻的日程：注射、吃藥、測量溫度……一個接著一個，甚至鐘錶也未見得比他們更能記住這些。就這樣日子像放不完的線，一天一天地更覺得漫長了。

壁虎又出現了，走廊的燈光使牠們的影子更加像鱷魚了。庭院另一邊，有幾絲蟲子的叫聲，那低沉的聲調，使夜更深沉了。

「是蛐蛐呢！」羅老說。

「要晴天了！」康先生說。

然後那一星紅紅的火光在黑暗中又一明一滅起來。

微笑

雨仍然下著，纖細而密緻的雨絲益發使人懶散起來。從清早起，整個病房就浸沉在沉默裡，每天的例行檢查以後，等候報紙便成了期待的課題，尤其羅老，自從X鎮的一件未破案的兇殺案發生以來，幾乎每天都是在這樣的期待中度過他的清晨的時光。然而落雨的天氣總使得報紙來得比平日較遲，再加上他那老年的失眠症，就使得這陰濕的晨間愈加漫長了。

「怎麼報紙還不來呢？」

羅老一直不住地在嘀咕著。一陣腳步從遠處傳來，他的臉色微微的有些激動，然而不一會那激奮卻隨著遠去的腳步聲消失了。

「一定是破案了！」

「準是情殺！」康先生說。

「恐怕不止乎此！」

那個老婦人憂悽地走過去，她似乎提不起手中的的食盒。一輛手推車走過去，穿著紅格睡絨袍的葉董事長，看來愈加像尊木偶了。自從雨天以來，他每天兩次的例行散步便不得不改在走廊上了。他那中年的妻子慢慢地跟在推車的看護婦後面，間或在他身邊說著話，她的丈夫茫茫然向院子張望著，在雨中，那幾株紅色的大理花漸漸有點下垂了。

又一陣腳步聲走過去。羅老從枕頭上抬起頭來：

「來了！」

「不是，」邱先生說：「是何小姐。」

「哪個何小姐？」

「樓上小兒科的。」

「啊……」

「只有她的腳步是這種聲音！」

雨仍然密密地下著。一輛白色的護理車在走廊上停下來，密斯林靜靜地在每個人桌上放下一包藥品，當她走過貝貝面前，輕輕地笑著，她的口紅今天看起來格外鮮明。而在她推著護理車消失時，一陣笨重的腳步從走廊的另一端走來。

然而進來的卻是兩個穿著藍布衣衫的看護婦，她們默默地走進來，把一套新洗乾淨的被單和氈子鋪在邱先生旁邊靠牆的那張空床上。

報紙終於來了。

「李先生，有客人來看你。」一個看護婦說。

李主任剛吞下兩枚藥丸，枕頭墊得高高的在閉目養神；多少天來，他只靜靜地看著人們的來往，而且也只靜靜地聽著別人的說話。

「啊！啊！」他有點驚惶著。

一個瘦高的男人在門邊出現，他黑而深的眼睛，不停地在室內搜尋著，當他看到李主任時，幾乎是驚叫著：

「程咬金！」

「羅成！」

「你怎麼也不來個信呢！昨天老單來信才知道你在這裡。」

他還沒有把手裡的東西放下，兩隻手就這樣握著了。

「我也不曉得你在這裡，」李主任說：「咱們快十年不見了吧！小羅成。」

「十二年了！」客人說：「甚麼毛病？」

「還沒有檢查出來，左腿已經痛了一個多月了，發燒，不能動。」

「老單信裡罵你，不該一個人悄悄跑到這裡來。」

「他不該罵我，他曉得我的情形。」

「他信上都說了，」客人說：「你不該這樣消沉。」

「你還在老地方吧？幾個孩子？」

「還不是老地方，」客人說：「去年老孫叫我到他那裡去，我嫌搬家麻煩。老孫，你還記不記得，長脖子的？」

「長頸鹿是不是？爬女生宿舍的。」

「就是他，」客人說：「他現在兩個孩子了。和別人合開一家塑膠工廠。」
「你幾個孩子了？」
「還是兩個，」客人說：「多了不敢養，小的明年就要進高中了。」
「這麼大了！」
「就是好玩，不用功，」客人說：「聽說你那個兒子出國了？」
「不，他們當海員的總是成天在海上。」
「有信嗎？」
「他不知道我在這裡。」
密斯林走進來：
「李先生，該打針了。」
「不要緊吧，」客人說：「你好好休養，過兩天我再來看你。」
李主任一直緊拉著客人的手。客人走到門邊的時候，他又喊著：
「小羅成，」他說：「代我問老單他們好！」
「想開點，程咬金。」
兩個看護婦又進來整理那個空了的床位，白醫生跟著進來，他帶著歉意地說：

「病房都住滿了，沒有辦法，只好先安置在這裡，」他搓著兩隻手說：「等有人出院了，再給他換過去。」

雖然羅老和康先生不住地對他說，病房就是收留病人的何況那病床本來就空著，卻仍然無法讓他的不安消失。他說：

「這樣一個還沒有完全醒過來的人，真不好搬來擾你們。在沒解決以前，先用張小屏風把他隔開吧！」

「是女的嗎？」貝貝說。

「男的，神經有點紊亂！」

快到中午的時候，新的病人由一輛車子推進病房來。那是一個有著壯大體型的青年，看過去不過三十歲左右。當他被抬上床時，上了夾板的手臂和左腿，看來分外的頎長；在微微的呼吸間，兩道濃粗的眉愈加顯得凝重了。

走廊上兩個男人正和一位護士說話，她的長髮直披到肩上。

「還沒有破案嗎？」邱先生說。

「還早！」康先生說。

「一定是情殺。」羅老說。

「不一定。」康先生說。

午飯送來了，沒有人想立刻動它。

「下雨天的菜水性太重。」羅老說。

「可以拿來做翡翠雞。」康先生說。

「甚麼翡翠雞？」

「你沒有看到昨天報上家庭版的食譜？」

「等出院我請你吃脆皮雞。」

「哪家的？」

「樓外樓。」

屋簷的水很清晰地一滴一滴地滴在台階上，外面是很憂鬱很憂鬱的大山。

傍晚的時候，新的病人醒過來了，隔著布屏風沒有人看得見他。先是他開始要水喝，慢慢地整個病房便被他那低沉的充滿了男性的聲音瀰漫了。

「我怎麼在這兒？」

「你從山上摔下來了。」那個護士說，她的聲音清脆而悠長，從屏風望過去，可以看見她長髮的背影。

「下雨天你到山上幹甚麼?」她說。

「我去找妳!」

「找我?」

「那天是下雨天,雨嘩啦嘩啦地落著,我剛睡醒午覺,我聽見妳在叫我。」

「我叫你?」

「我聽見妳在叫我,我起來找妳,我聽見妳在山路上,那條沒有人走的小路,我一直往上走,我看不見妳,我只聽見妳在叫我,而且,我感覺到上帝拉著妳的手,把它交在我的手裡,但是我看不見妳,我只聽見妳在叫我……」

「看你一身都摔破了,你的腿痛不痛?」

「別為我擔心,妳回來了,摔破腿也值得。多少天來我就盼望得一場病,也許那樣妳就會來看我。」

「讓我給你按按脈搏。」

「妳的手真柔,可惜我沒辦法握住它,還有妳的頭髮,沒有人的頭髮比妳更柔,我曾經勸妳剪短,那時天太熱,我實在並不希望妳剪短它們,我就喜歡妳這個樣子。」

「你不該多說話，好好休養，等好了再說。」

「我就要好了，再過些天我們就搬出去，我們再去爬山。」

「還要爬山？」

「去爬另一座山。」

「哪一座？」

「妳不記得了，去年秋天，妳說要採紅葉，我們就到那座山上去。那天，紅葉還沒有紅透，我們就在那山上走著。那天落著雨，雨下得好密好密，山頂上的公園裡沒有一個人，我們就躲在茅亭裡聽雨。」

「……」

「雨裡，那棵大樹綠得讓我們不能不數那從葉子上滑下的水珠，但是我們叫不出樹的名字。」

他喃喃地繼續著：

「我也記不清我們去過多少次了。有一次我們爬到瀑布上面，看它直往下瀉，我們往上爬，一直到瀑布上面的草叢裡，在那裡我們躺著，看白色的霧一層一層在對面山頭上生起。有一次我們去，坐在池子邊餵魚，那些魚真活潑，騙去了我們整整兩塊麵包。有一次……」

「以後再講，以後再講，把這丸藥吃下。」

「我要帶妳去爬那座山，那裡的草長得好長好長，它們密密地蓋著我們，我們只看得見那條通往山頂的小路，在山頂上我們可以聽見風，那是天上的風，在人間我們聽不見那種聲音……」

「你早該睡了。」她嘆息著。

而後，她長髮的背影消失在走廊上。

黃昏漸漸濃了，在雨中大山更朦朧了。

「我想養隻鶴。」羅老說。

「甚麼？」康先生說。

「紅冠的鶴。」

「幹甚麼？」

「騎鶴下揚州。」

新病人的傷勢也許漸漸好轉了，屏風那邊常常聽見他低哼著曲子。

「你哼的甚麼？」護士說。

「一支黑人的歌。」

「學校教的嗎？」她說：「腿擺好，夾板鬆了。」

「妳怎麼忘記了，這是我們的曲子，有一次，妳帶來一張唱片，那是我們認識的第一個冬天。妳不在時，我就聽著它想妳。我不知道唱它的是誰，但我知道他是我們的朋友。那時妳幾乎每天晚上都來，每天晚上，我都等待著妳走近的腳步聲。妳來了，有時我們甚麼也不說，只聽那支黑人的曲子。妳是一個倔強的孩子，妳走了，總不讓我送妳，每天晚上我計算著妳到家了，才能熄燈睡去。」

「要是綁得太緊，你可要說啊！」

「有一次妳讓我送妳，那天晚上很冷，妳來了，那天晚上妳很不愉快，那是我第一次看見妳憂鬱的樣子。那天晚上很冷，很久很久我才燙平妳的不安，那天我第一次嘗到妳眼淚的酸味。夜很深了，我們走到小鎮上去找車子，那天晚上風不斷從車子的前面滲進來，整個城市睡得真美。」

「你不該多講話，你該好好養神。」

「我不要再住在這裡，我要搬回去，那間小屋充滿了對妳的回憶。那一株夾竹桃愈長愈高了，太陽光只能一絲一絲漏進窗台上。我不喜歡那種淡紅的花，但它們使我容易想起妳。有一天晚上，妳不知道我多擔心……」

「哪天晚上？」

「那天晚上妳來了，妳坐在我的書桌前面，隔著窗子，可以看見夾竹桃紅紅的花朵，只有在微弱的燈光下它們才這樣美。後來有人敲門，是女孩子的聲音，她們在門外嬉笑著，讓我猜她們是誰，我猜不著，我不記得當時叫出誰的名字。她們進來了，我對妳介紹說她們是美姬的妹妹。那時我知道很多關於我和美姬的傳聞。妳是第一個使我感受到母愛般溫柔的女孩子，我一直擔心那種傳聞拉長妳我間的距離。也許那天晚上我裝得很鎮定，但一直等她們走了我還壓不下心裡的不安。」

「後來我們去散步，我們坐在墓園的石級上，那是一個軍人的墓園，從那山崗上我們看見城裡的燈火一明一滅著，那天晚上，月色真好，兩排尤加里都變得軟軟的，那天晚上，妳的頭髮真柔，我記不清我們說了些甚麼，我只記得我第一次要求妳嫁給我。」

一陣感傷的鼓樂傳過來。

「是甚麼？」羅老問。

「太平間的，說是要把死人迎回去！」康先生說。

「啊！啊！」

整個走廊剎那間都沉靜了起來，空氣被低沉的調子撕裂著，透過密密的雨絲，愈加窒息著人的肺腑，伸縮喇叭比平日的更為低沉，聽起來愈發像喪家不成調的哭聲了。

李主任的那個朋友，忽然在一天下午出現了，那時葉董事長的車子剛過去不久，外面的天是陰沉沉的。

「咳！程咬金，」他說：「我又和老單他們聚首了一次。」

「啊！」

「前幾天我出差，本來那是別人的事，臨時病了，我就跑了一趟，十年沒走動了，十年……」

病床因為他的興奮而微微作響了。

「十年我可沒覺得有多長，等我看到老單，才發覺咱們真的老了。」

「老單怎麼樣？」

「想不到才不過幾年，老單竟然老成這個樣子，要不是他先叫我，乍一見面我是不敢認他的，頭髮也有點稀疏了。只有老秦還沒變，還是那張瘦黃臉。你記不記得他結婚的前一個晚上，咱們幾個陪他過掉最後一個光棍之夜，那天晚上我酒喝多了，我指著他說：『秦瓊，希望你老婆先治好你這張賣馬的瘦黃臉！』誰知道他還是那副長相。」

「看到老徐沒有？」

「徐茂公出差去了，我們本來要吃他一頓的，一看到他太太大著肚子，就有點不忍心了。這傢伙真能生，一屋子都是小蘿蔔頭。不過，老徐的太太倒問起你……」

一個看護婦走進來，把一壺開水注入每個人的水瓶裡，屏風那邊的長髮有兩次走進來又走出去。

「老徐的太太說，得勸勸老程啊，甚麼事也得想開點。哎，程咬金，不是我罵你，你也真有點洩氣，想當年咱們搞瓦崗寨，就因為你有三斧頭，衝得兇，我們才推你做寨主的，想不到，你竟然這麼洩氣，為了一個女人，你就甚麼勁也沒有了，——你不能這樣，你得想開點。」

「沒有，沒有，我早就忘掉了……」

「你一定要想開點，你好好養病，需要甚麼跟我說，等你好了，到我家去好好喝一場，告訴你，莉雲現在菜燒得很棒了，從前你們笑她把乾飯燒成稀飯，現在她真成了，本來她今天要燒一個香菇雞給你的，雨下久了，買不到好香菇——我說，程咬金，你真得想開點。」

密斯林進來，後面跟著一部手推車，她說：
「李先生，你要照片子去了！」

壁虎出現了，牠們慢慢地在天花板上踽行著。
「你睡醒了？」屏風那邊的護士說：「今天你睡得真久。」
「我到河邊去了，到那個沙洲上。」
「哪裡？」
「妳好像甚麼都不記得了，那條小河，我們說那是多瑙河，只是它的水是黃的。那晚上妳來，好遠好遠我就看到妳笑，那晚妳笑得正像現在這樣甜，那天我第一次看到妳戴耳環，那不是耳環，那是兩粒紅紅的珠子，那天妳戴了小絨帽，一副頑皮的樣子。」
「我迎著妳，我們就在那沙洲上走，那天沒有月亮，星也很少，只有一顆特別明亮，它就在我們頭上，親切地對我們眨眼。妳一直沒有告訴過我哪一顆星是妳的，我想應該是北方最亮的那顆，因為每天晚上它都在我窗邊閃亮著，伴著我入睡。」
「要不要看小說？下次我帶給你？」
「我不要看，我希望妳講給我聽。有一天晚上，燈光真柔，我們到市場上去看夜市，吃那個老太婆賣的肉羹，那個老太婆的眉毛真粗，我想替她取個名字，但我沒有想出。然後我們從這條街走到那條街，對著玻璃櫃的模特兒笑。那天我們幾乎走遍半個城，在路上妳講著故事，那是一本剛風行的小說，妳要我看它，我一直沒看，因為再不會有人講得比妳更美。後來妳講渴了，我們就站在路邊喝小攤子賣的汽水。」

「你該好好休息，明天就要搬到那邊病房去了！」

「讓我們離開這兒多好，如果能離開世界上的人，我也願意，因為他們都在嫉妒我們。讓我們到那小河上去，在一個星光的晚上，我不會唱歌，但是我可以為妳哼一支奧芬巴哈的〈船歌〉，然後我們朝著海上划去，我要給妳講一個辛巴德的故事，如果海是和天相連的，我們就一直划到天上。」

「我從來沒聽妳唱過歌，妳是一個沉靜的女孩子，告訴我妳最喜歡哪支歌？」

「夏天最後的玫瑰！」她說。

夜很深了。

「國際今天演甚麼？」羅老說。

「田園春曉。」貝貝說。

「我喜歡英格麗．褒曼。」康先生說。

「我喜歡阮玲玉。」羅老說。
「阮玲玉？阮玲玉是誰？」貝貝說。
一顆星在山頭閃亮著，夜很靜了。

雲

新的病人搬走後第六天，李主任的病況突然加重起來，幾乎是整整一夜，他不停地發著囈語，那種喃喃的自語混雜著一種屬於童稚的喊叫，聽起來就更加令人不安了。
天亮了不久，一輛看護車把他推走了。
「我聽不清他叫了些甚麼？」邱先生說。
「叫他媽媽？」貝貝說。
「不曉得叫些甚麼？」康先生說：「我從來沒聽過這種叫喊。」
「我聽過。」羅老說。
「聽過嗎？」
「有一次，我坐船到外埠去，我聽過。九級的風浪，大艙裡擠滿出外謀生的人，昏黃昏黃的燈光，連水手也支撐不住，在那些嘔吐呻吟之中，我聽見那種喊叫，和李主任一樣的叫聲。」

「他喊些甚麼？」

「我不知道他喊些甚麼！」

白醫生來了，他用鉛筆輕輕地敲著貝貝的頭。

「打起精神來，不舒服嗎？」

「沒有。」

「怎麼這樣無精打采呢？」

「我不知道。」

「打起精神，再過些天就可以出院了。」

他注視著李主任的床位。

「他要開刀嗎？」貝貝說。

「也許要鋸腿。」

「要鋸嗎？唔，唔……」

羅老說，他點上一支菸，側倚著枕頭。

「你一天抽幾支？」白醫生說。

「兩天三包。」

「這樣不好，你應該戒掉。」

「不行，沒有菸，我不知道日子該怎麼過。」

「試試別的。」

「我找不到別的。」

密斯林走進來，她手上拿著一落紀錄表。

「白大夫，」她說：「二〇七病房門的那個老頭子，有點不大對勁。」

「怎麼樣？」

「他一個人昨夜裡坐在窗口邊唱了一晚上。」

「昨天檢查，不是滿好麼？」

「但是昨天晚上他一直不停地唱著：小白兔乖乖，把門兒開開。」

天空是陰暗暗的，灰雲在層層地凝滯著，看過去，山上的綠色就更加沉鬱了，只有樓梯的那一邊，咯登咯登的腳步聲倍加清晰地敲響著。

李主任回來了，跟在他的車子後面，醫院出納室的趙先生走了進來。

「羅老，」他說：「這些天來怎麼樣？」

「怎麼這樣久沒看到你？」

「前些時我請假去看瑞明，回來又忙著大結算，一直忙啊忙的。今天鬆閒點了，恰好又碰到李先生，我就跟著來了。」

「瑞明好吧！」

「別提他了，這些日子我就一直操他的心。」

「他不是在報社嗎？」羅老說：「前些天我還看到他的文章呢！」

「就是吶，可是他吵著要改行。」

「你得勸勸才行，這就奇怪了，好多人想幹還幹不到呢！」

「這有甚麼辦法呢，年輕人幹一行怨一行——而且一年不到，壞習氣倒學了不少。」

「瑞明不是一直很規矩嗎？」

「規矩！和尚犯戒那才叫厲害呢！」

「年輕人總是好玩的。」

「那也不能太離譜了。」

「瑞明恐怕還不至於此吧！」
「哼！你還說呢，吃喝嫖賭全學上了，前些時還鬧上一身病。」
「唔，唔……」
兩個護士推著一輛護理車走過去。
「所以我就不能不管了，親舅就是娘，再說他又是跟我長大的。」
「那是應該的。」
「那天我去看他，屋子裡亂得像狗窩，我問他是不是又病了，他搖搖頭。他說：舅舅，對不住你，你不理我，我倒好過些。」
康先生遞給他一支菸，然後替他點著。
「我問了好久，他一直不說，他一向甚麼話都跟我說的，但是我問不出話來。我知道他喜歡吃螃蟹，就帶他到海中天去。我們選了個靠窗口的位子，還特地要了一瓶酒，我就跟他談一些我小時候的事，談到他的母親。起先，他只是默默地喝酒，後來他才低沉地說：『舅舅，我太令你失望了，這些日子我怕見你，也不敢想念媽媽。』他的聲音好沉好沉，他一直望著樓下街道的行人。」
「到底出了甚麼事？」

「他說沒有甚麼事，他只是說：舅舅我太令你失望了；你不希望我學的我全學上了。我就勸他說，年輕人走錯路總也是難免的，能夠知道就好了。但他只是搖著頭，默不作聲地喝酒，後來他說，舅舅我是沒有希望了。」

「怎麼這樣呢？該給他打打氣。」

「我何嘗沒有呢？但是他說他是沒有希望了。他說，舅舅，有時候我也想跳出來，但是那兩隻腳陷在泥沼裡太緊了，我想掙脫也沒有辦法掙脫出來。」

「後來呢？」

「後來他又要了一瓶酒。我說：明明，你要醉了。他說：舅舅，我不會醉。我第一次發現他的酒量不錯。他說：舅舅，一個人要想掙脫，真不是件容易的事，就像你想從一個女人那裡掙脫一樣。有時候，天還沒有亮我就把錢塞在那個女人枕頭底下走了，我怕再看到她，有時候我沿著小河一直走一直走，想跳到河裡去把自己洗乾淨，但是一個禮拜不到，我又去找她了，有一天我甚至打了她一個耳光。」

「瑞明怎麼變成這個樣子呢？」

「後來他就不停地喝酒，他說，舅舅我對不住你，我也不敢再想念媽媽。我告訴他說，浪子回頭金不換。他搖搖頭說，我是沒有希望了，所有的人也沒有救了。」

「甚麼？」

「他說人是沒有救的，我勸他說：明明，你為甚麼不往好處想呢？他搖搖頭，他的眼睛一點神采也沒有，他說：舅舅幹我這一行是不能往好處想的，你愈是往好處想你就愈不忍心看他們。」

密斯林走進來，對李主任說：

「血型驗了嗎？」

「驗了，O型。」

「我不知道我該怎麼說才好，」趙先生說：「中學的時候，有一次他跟同學打架，我就把他揍了一頓，但是，人長大了，有時要說他都感到不容易。那天我發覺他菸抽得也很兇，他說：人是往下走的，窮的時候生活逼得他不能不做壞事，等一有了錢，就成天在糜爛中享樂。」

「年輕人總是對任何事都不滿。」

「他說：舅舅，人是沒有救的了，人生活著會使他把自己做的一切都視為理所當然。他老是把眼睛下垂著。我勸他說：不要管別人，先要一切盡其在我。」

「是啊！」

「但是，他仍然只管搖頭，他說，沒有用的，舅舅，連我自己也不知道自己在做些甚麼，我甚至不知道自己說的是屬於誰的話。」

「幹記者總不喜歡別人約束他們。」康先生說。

「我也以為是這樣。但是他不是這個意思，他說：舅舅，人最可悲的是對自己沒有了自由。」

「甚麼？」

「他說，人最可悲的是對自己沒有自由。他說，舅舅，有時候我的牢騷屬於老板，愛情屬於那些賣笑的女人。我說，明明你不能再喝了。他說：舅舅，甚至我沒有摔掉這個酒杯的自由，即使摔掉了，沒多久它又來管上你了。」

「也許工作太累了。」

「我也勸他精神找點寄託，他說：舅舅，我能找甚麼呢？要我去聽那些淫蕩的明星講故事嗎？那還是算了。與其那樣，倒是菸跟酒還好些。」

「結果怎麼樣？」

「後來我又跟他講他母親，講他的故事。他說聽我的話振作一下，但是他說，舅舅，我是令你失望了。」趙先生說：「我簡直想不出辦法，年輕人的問題愈來愈多了，我們年輕的時候，哪有這些事呢！」

老婦人和白醫生匆匆走過去。

「就像白醫生，」趙先生說：「還不是一樣。」

「白醫生不是很老成嗎？」

「老成？」趙先生說：「那要看甚麼時候。你曉得他們背後叫他甚麼？——西門慶。他的酒量雖然不好，可是見酒就醉，醉了就發瘋。」

「這倒看不出來。」

「有一天我們院裡孫大夫結婚。我正好跟他一桌，他三杯下肚就亂說一通。我說：人是有報應的，你看孫老太太終於熬出來了，你猜他怎麼說？他說；人嗎？人算得了甚麼！放在手術台上跟豬沒有兩樣；保祐他？除了我的技術沒有人能保祐他。人是甚麼？一群細胞而已。我以為他觸景生情，就勸他說：白大夫，你也該結婚了。他說：結婚？甚麼叫結婚，不過找一個固定的女人罷了。」

「想不到他是這樣！」

「他說：女人，沒甚麼稀奇，我讀了七年醫科，解剖的屍首至少也有半打，女人甚麼神祕也沒有，有人說愛情，哈，甚麼叫愛情？nothing but sex。」

「甚麼？」

「他說男女除了上床，沒有甚麼愛情。他說：我有個學藝術的朋友說，第一次畫模特兒時全班緊張，那批傢伙全是小兒科！」

「平常他都幹些甚麼？」

「他們想盡法子瘋，我的宿舍一到週末就簡直沒辦法，吃飯的時候，也是吵，一個一個對著吹他們手術的經過，要是誰動了大手術，還要掏腰包請客呢！明天，不知道他們又要到哪裡瘋去了。」

遠處有幾陣雷聲，天空更有點沉鬱了。

禮拜天的早晨，李主任又做了一番檢查。一位護士一直忙著照顧他。

「現在覺得怎樣？」

「沒有甚麼感覺。」

「晚上灌腸，明天早上不要吃東西。」

「手術大嗎？」

「那要先切開看看。」

「誰開呢？」
「主任親自開。不要怕。有事拉鈴叫我。」
這是一個新來的護士，每個禮拜天都有些實習的護士接班，她的辮子使人看來更加感到親切了。
「今天我看到一個被砍了七八刀的女人。」李主任說。
「死了？」
「沒有，我看見她躺在診斷室裡。」
「沒有死？」
「我不知道。她的嘴和鼻孔裡插滿了各種管子。」
「誰殺的？」
「我不知道。」
「恐怕是她的情夫。」
「也許是她的丈夫。」
「我不知道，我只看到她躺在那裡。」
探病的人從走廊走過去，一位修女在門口出現，那種微笑看來就倍加慈祥了。

「嬤嬤！」貝貝叫著。

「貝貝！」

「你手裡拿的甚麼？嬤嬤！」

「你猜猜。」

「水果。」

「不是，是個蛋糕。」

「嬤嬤，我正想吃蛋糕呢！」

「是芬芬跟欣欣做的。」

「欣欣還生我的氣嗎？」

「早不生了，她每天晚上睡覺時都祈禱著要聖母早點讓你回來呢！」

「嬤嬤，我可以走路了呢！昨天我扶著牆一直走到走廊那一頭，不要人扶，我可以慢慢地自己上便所了！」

「聖誕節你就可以回去了，昨天安安跟建建已經把聖誕樹移到屋子裡去了，起先他們移不動，把周嬤嬤硬給拖出去幫忙。」

「周嬤嬤的眼睛好了沒有？」

「早就好了，她每天都帶頭練聖詩呢！」
「甚麼聖詩？」
「聖誕節的聖詩。」
「平安夜。」
「現在正在練〈小伯利恆〉，小貞貞都會唱了，不過她老是把小城小伯利恆唱成小繩小伯利恆。」
「今年還報佳音嗎？」
「怎麼不呢？那天晚上我們要把那口鐘敲得特別響，和和說他要敲鐘，他太小了，敲不動，那天會下很多很多雪，很靜很靜，甚麼都聽不見，只聽見雪花落下來的聲音，你聽過雪的聲音嗎？好柔好柔，後來鐘聲響了，天使就從天上下來，因為那時候鐘聲特別悠遠，然後是鹿車叮噹叮噹的聲響，那要等你們睡著了，才從煙囪下來……」
「我要把襪子掛上！」
「你會收到好多東西。」
梳辮的護士從走廊走過，院子裡大理花又開得很紅很紅了。

禮拜一的清晨，一輛看護車把李主任推走了。

「他要鋸腿嗎？」貝貝說。

「我不知道。」羅老說。

密斯林走進來，無精打采地。

「一清早忙甚麼？」康先生說。

「急診室有病人。」

「甚麼病？」

「一個流氓殺死一家人自殺了。」

「讓他死算了。」

「那不成，白醫生正忙著救他。」

「讓他死算了，好了還不是要害人。」

「那我們管不了，我們只管救人。」

大山的霧漸漸濃了起來。

啊！曠野

天氣漸漸好起來，空氣中有一股清新的氣味。自從開刀以來，李主任有十多天不言語了。

「你不能這樣。」他那位朋友說。

「……」

「程咬金，凡事總得想開點。」

「……」

「我已經寫信給你的孩子了，要他替你帶一副義肢回來。」那位客人說：「你不能就這樣，老徐他們過些天要來看你呢！」

「我還能做甚麼呢？」

「甚麼不能做？老徐來信說，他已經擬了計畫，說要把老朋友們聯合起來，再幹一番，等你好了，咱們就辦。」

「我甚麼也不能做了。」

「你不該如此，」客人說：「人家說三個臭皮匠抵上一個諸葛亮，何況咱們又不是臭皮匠。」

「你不要忘記我已經殘廢了。」

「老程啊，你這人也太洩氣，鋸條腿有甚麼呢？你記不記得我們讀書時的姜之禮，人家每天坐輪椅可以讀完大學，你還有甚麼不能幹的？」

「沒有用了，我再不能幹甚麼了。」

「不要說洩氣話，好好休養。」客人說：「你不是屬兔嗎？」

「是的。」

「今年四十七，比我大兩歲，臘月生？」

「是的，問這些幹麼？」

「那就對了，」客人說：「前天我找小通仙，他的相靈得不得了，他說你四十七，命中有厄，四十八歲是龍年，龍飛兔躍，開始要有轉機。」

「聽他胡說。」

「老程啊，你可不能這樣說，命運是有定的，他還說你四十六歲桃花運不利，不說的正準嗎？」

「他還說甚麼？」

「他說你讀書中斷過，二十五到二十九中間病過一場。」

「讓我想想看，」李主任的臉上漸漸有點光彩，那幾絲笑意，在他白弱的臉上就更閃亮了：「對，二十七歲我得過傷寒，至於念書，中斷過兩年。」

「你應該打起勁來，小通仙看相一向是準的。」

「老徐的計畫是甚麼？」

「我也不大清楚，過兩天他來了會說個仔細。」

白醫生走進來，用鉛筆敲著邱先生的腿。

「怎麼樣？」

「癢得難過。」

「耐心點，再過一個禮拜就可以拆石膏了。」

他一面說，一面又敲著貝貝。

「禮拜六你可以出院了。」

「我還能打籃球嗎？」

「你先要好好休息。」

密斯林走進來。

「白大夫，二〇九室的病人又叫了。」

「讓他叫好了。」

「那個老太婆吵著要我再給他打嗎啡！」

「不行，一天只能打四次。」

「是那個得鼻癌的嗎？」羅老說。

「就是他。」白醫生說，一面在一個本子上寫著。

「有希望嗎？」

「誰？」

「老太婆的兒子。」

「本來他應該拖不過上個月的。」

「何不乾脆讓他去呢？」

「我們不能那樣。」

「看他活受罪有甚麼好？」

「我們不放棄最後的希望。」

「病人知道自己得甚麼病嗎？」

「知道，他是第二次犯的。」

「他一定無力地在等死了。」
「沒有，每天他還要看好幾份報！」
「那個病人醒過來沒有？」
「哪一個？」
「那個從山上摔下來的。」
「已經轉送到精神病院去了。」
「沒有鬧嗎？」
「沒有，他還以為回家呢！」

午後的時候，大山綠得倍加可愛了。一片雲把院子籠罩在陰影中，那浴著陽光的山峰就更加誘人了。

「那一片一定是篁竹。」邱先生說。
「哪一片？」康先生說。
「嫩綠的那一塊。」
「不是，那是黃果樹。」

「為甚麼？」

「黃果樹的葉子最誘人，連蒼鶺也喜歡在上面做巢。」

「蒼鶺？」

「灰紫色，叫得很柔很柔的。」

「我們那裡有一種白色的。」邱先生說。

「你們哪裡呢？」貝貝說。

「我不知道，」羅老說：「我沒有回過家。」

「那你就不想家了？」

「家總是想的。」

「想哪個家？」康先生說。

「我也不知道想哪一個，我不知道自己的家在哪裡，我甚至摸不清它的位置。但是我總覺得自己屬於一個地方。」

「是嗎？」李主任說。

「我一直沒有到過那裡，但沒有一個地方比它更使我覺得那是屬於自己的。」

他無力地抽著菸，菸圈擴散開，漸漸從窗子散出去。院子裡花開得很新鮮，一個工人在整理著。

「有人問我想家嗎?家總是想的。」羅老說:「但是我不知道自己的家在哪裡。也沒見過自己出生的地方,甚至也很少聽見別人談起,但是我總是想家,這是不會有人懂的。」

「自然,自然。」康先生說。

「我不知道哪裡是自己的家,但是我總覺得在很遠很遠的地方,有一個名字叫我回去。」

壁虎又在牆上廝打著。

「而且我常常聽到有一種聲音在叫著我,我不知道那是甚麼聲音,好像在我身邊,又好像離我很遠。」

一陣吵雜的聲響從走廊那邊傳來,一個看護婦把藥放在李主任桌上。

「幹甚麼的?」

「鬧事的。」看護婦說。

「誰鬧事?」

「昨天病死的年輕人的家屬。」

夜靜得很,星星很高很高地亮著。

「羅老，」康先生說：「你真在我那老家住過兩年嗎？」

「兩年四個月。」

「銀杏樹看過去真是白的？」

「我沒見過。」

「你一定見過！」

「沒有。」

「我們縣城裡就有一棵！」

「沒有。」

「你一定忘了！」

「我根本沒有見過。」

「你沒見過那棵關公拴過馬的銀杏樹？」

「沒有，沒有這棵樹。」

「旁邊有冷泉的。」

「沒有這棵樹。」

「也許你忘了。」

「不會忘的，根本沒有這棵樹。」

「你一定忘了，叔叔說在城東門關帝廟前面。」

「我根本沒有看到。」

「也沒有看到十字街口的鐘樓？」

「也沒有看到，那裡只有一座碉堡。」

走廊的路燈四周，幾隻金甲蟲飛動著，有的碰到玻璃上，發出咚咚的聲響。

「貝貝，」邱先生說：「長大了你要做甚麼？」

「我要打籃球。」

「這麼好玩嗎？」

「我要出國去比賽，嬤嬤說，她要跟我一塊去！」

「羅老，」康先生說：「出院以後你要去哪裡？」

「吃脆皮雞。」

「脆皮雞？」

「呃，樓外樓的。」

到梵林墩去的人

小火車站上，一個年輕人正敲打著售票的窗口。

「買票！買票！」他沙啞地叫著，深沉地望著四周。下午的陽光慵倦地照在街上，一陣黃沙忽忽地捲過去，一個光腳的小男孩正穿過那裡，跑進那間半掩的店鋪。車站裡垂敗下來的木梁上，一隻叫不出名字的黑甲蟲在靜靜地貼伏著。

「買票！」他又重敲著售票的窗口。沒有人答應。他搖搖頭，很滑稽地用手摸著屁股。

「他媽的，沒有人。」他喃喃著：「人都死光了。——呃，買票。」

「唔！唔！」一個蒼老的聲音隔著窗子響著：「是你嗎？透西？」

「透西個屁！買票。」

「透西，你不該忘記給老人家送飯的。」

「誰要給你送飯，快點，我要買一張車票。」

「你不是透西嗎？」窗口打開了：「透西愈來愈野了。你下次該對他說不要忘記給老人家送飯。」

「你睡著了？」

「是你要一張車票嗎？」

「還有誰呢？」

「你不該來得這麼早。」

「早麼？」

「車子要三個鐘頭以後才來。」

「三個鐘頭？」

「三個鐘頭零二十七分。」

「他媽的，你們不能多開一班車子？」

他摸著口袋，把一張皺了的票子遞過去：

「給我一張到梵林墩的車票。」

「梵林墩？」

「呃，梵林墩！」

「沒有到梵林墩的車子。」

「那我該坐哪一班呢？」

「我不知道，我沒聽說過這個地方。」

「沒有人到過梵林墩嗎？」

「沒有人到過。」

「他們都到哪裡去？」

「最遠他們到過農門鎮。」

「哪一個農門鎮？」

「就是那個農門鎮。尤烈說，那裡的風，柔柔的，那是打海上吹來的。我記得清清楚楚的，他說過，得讓這裡的風也變得柔柔的，那時候他剛回來，我們攀著肩膀在街上走，風沙吹在他的臉上灰黃灰黃的。」

「他不該回到這裡，鬼才喜歡這個地方。」

「你不該這樣說，這是塊最好的土地。」

「你去住吧，給我張梵林墩的車票。」

「沒有到梵林墩的車票，它只開到農門鎮。」

「就買到農門鎮——。這真是個鬼才住得下去的地方。一群豬，沒有人知道梵林墩的名字。」

「這是你的車票，你可以回去睡覺了。」

「我為甚麼要回去睡覺？我已經買好了車票。」

「你該再睡一會，車子來還要三個多鐘頭。」

「它不能早到些嗎？」

「你可以回去再推兩班車子。」

「推甚麼車子？」

「你不是在礦場推煤車嗎？」

「甚麼礦場？」

「你該再去看看。尤烈說，那會是天下最大的礦場。」

「我不要去看，我要看它幹甚麼？」

「你該回去再推兩班車子。」

「沒有甚麼人叫我推煤車，這是天下最壞的地方。」

「那你每天都幹甚麼呢？」

「我記不得自己都幹些甚麼，好像是昨天的事，山苟伯叫我洗過一落盤子。」

「那你可以回去再洗一落盤子，太陽下山的時候，你才能聽見火車的叫聲。」

「我不想去洗甚麼盤子，山苟伯說：年輕人該到梵林墩去。——你們不能多加一班車子嗎？我要趕快離開這個鬼地方。」

「你可以到那邊去等，透西真是玩野了，你該對他說不該把老人家的飯忘記。」

「誰是透西？」

「他一定又去抓斑鳩去了，他爸爸就喜歡抓斑鳩，老胡子墳上那棵桑樹上每年都有一窩最好的斑鳩，你該嘗嘗那棵樹上的桑葚，那是熟得發紅發紅的葚子。」

「我不想吃甚麼桑葚，我要到梵林墩去——為甚麼你們不安張椅子？」

「問塔基跟麻撒就知道了。」

「誰是塔基跟麻撒？」

「第二個礦坑的兩個傢伙。」

「我不認識塔基，也不知道誰是麻撒。」

「你不是在礦場推煤車嗎？」

「沒有誰要我去推煤車。」

「那你可以去問尤烈。」

「誰是尤烈？」

「你沒有賭過錢嗎？」

「我沒有賭過。」

「你該到尤烈那裡碰碰運氣。」

「我根本不認識誰是尤烈，我也不想碰甚麼鬼運氣，我只想有張椅子歇歇腳。」
「我該去罵塔基跟厤撒，他們真不該喝得爛醉。」
「他們喝得醉不醉，管我個屁事。」
「塔基醉得最兇，是他先把椅子拆散的。」
「你不能再添一張椅子嗎？」
「我找不到黎坤。」
「誰是黎坤？」
「你不是在礦場推煤車嗎？」
「誰去推煤車呢？這是個鬼也要餓瘦的窮地方。」
「你該到尤烈那裡去看看黎坤。」
「我不認識誰是尤烈，我也不知道誰是黎坤。」
「你該到尤烈那裡碰碰運氣，你可以跟黎坤喝兩杯。」
「我不想跟誰喝一杯，他們罵人的話跟豬叫一樣。山苟伯說：你不該躲在屋角裡一個人哭，你該到梵林墩去。我要離開這個地方，我不要去認識甚麼尤烈或黎坤。」
「你該去見見黎坤，他總坐在那裡。哈，好小子！他總會先叫你。」

「他為甚麼要叫我呢？我已經不欠誰的，誰也不能再把我踢醒。」
「他會喜歡你——跟我來小伙子，他會對你說，我要讓這裡的風變得柔柔的。」
「沒有甚麼地方的風像梵林墩的那樣柔，農門鎮的也沒有。——你們的車子還不如換個牛車，一群笨豬。」
「你該先去看看黎坤，他會告訴你水壩築在哪裡。」
「誰的水壩築在哪裡？」
「你不認識羅予六嗎？他可以帶你去。」
「他帶我去梵林墩嗎？他不會知道的，而且我根本不認識誰是羅予六。」
「爬過那座山頭你就可以找到他。」
「我為甚麼要爬過那個山頭？」
「你該去的，那樣你就可以看見那座茅屋。」
「我要到梵林墩去，我不要甚麼茅屋。」
「你可以走過去，羅予六的來西會先招呼你。」
「誰是來西？」
「那是羅予六餵的黑狗，你不知道牠多靈巧，有一次牠替透西的爸爸捉到一隻山兔，透西說，來西是羅予六的女兒。」

「誰要見羅予六幹甚麼？」

「他會先帶你看他種的玉米。」

「這是個鬼也要餓瘦的地方，沒有誰帶你去看玉米。」

「看過玉米，他會帶你去看他抓來的山雞。」

「我要趕到梵林墩好好睡一覺，你不知道這個鬼地方連睡覺也會有人把你踢醒，到梵林墩我要先睡一覺，我不想看甚麼山雞。」

「羅予六的板菸最夠味了，你該先嘗一嘗。」

「我不要抽甚麼菸。」

「那你該嘗嘗那些野果子，他會給你找兩顆又紅又甜的，你該選一個青的嘗嘗，你該嚼嚼那種酸味。」

「我甚麼也不要，我要趕快離開這個鬼地方。——你們這是哪國的屁火車，太陽快要落了，要等到哪一年它才會開來呢？」

「這時候那個山頭最好看了，你該站在那塊大青石上往下望一望。」

「我為甚麼要去那個山頭，我的票已經買好了，我要到梵林墩去。」

「羅予六會跟你說水壩怎麼做。」

「甚麼水壩？」

「黎坤的水壩，他說等水壩好了，我們就有最柔最柔的風。你不知道他多喜歡摸別人的頭，他說：好小子，那時候你可以好好地泡在水裡洗一洗身上的煤煙。」

「我要到梵林墩好好洗一洗身上的爛泥，再沒有一個地方比這裡的街道更髒，你們真該在路上養一群豬！」

「黎坤會把這條街整治得好好的，他說：小伙子，我們先該把街道鋪上瀝青，很多人會到我們這裡來。」

「只有倒霉倒到家的人才會到這個鬼地方來，只有天下第一號窩囊廢才住得下去。」

「他們會來的，你該到尤烈那裡去。」

「我去找他幹甚麼？我根本不認識誰叫尤烈。」

「他會告訴你那些礦苗在哪裡。你不知道，那一晚他們醉得多兇，黎坤抓著那塊石頭笑得像個瘋子，尤烈不該，那晚他吐了黎坤一身。」

「誰要看那些石頭，普天之下再找不到這麼討厭的石頭，它只能拿來敲你的腦袋，我一輩子也忘不了那個最討厭的黑傢伙，下一次我一定要敲掉他那兩顆黃板牙。——你這裡連水也沒有嗎？」

「你口渴嗎？你該罵罵透西，他不該這樣忘掉老人家。」

「我不知道誰叫透西，你不能去找他嗎？」

「等我找到他了，我一定要先敲敲他的腦袋。黎坤會把老呂西找來，那樣我就可以敲透西的腦袋了。」

「誰是老呂西？」

「黎坤說，他要在街東頭那塊地上蓋一座閣樓，好小子，你病了嗎？找老呂西去吧，好好地聽他的話。」

「你該先去找一罐水來，要不然再沒有誰能去見老呂西了。」

「透西一定野到山裡去了，真該有人告訴他不該忘記老人家。」

黃昏漸濃了，燃紅的晚雲把街道映得分外悠長，在餘暉中，老人家一跛一跛地向街道走去。

「他媽的，沒有人要來的地方，火車司機一定他媽的睡著了。」

街道上忽然出現四個人。

「一定在這裡。」一個黑色的傢伙叫著，那兩顆門牙向外敞露著。

「這不是嗎？」

「你們還要幹甚麼？」年輕人說。

「跟我們回去。」

「我已不欠你們甚麼，沒有人能叫我做甚麼。」

「你要溜嗎？」

四個人漸漸圍攏過來：

「乖乖地跟我們回去，不然要你的狗命。」

「回去幹甚麼？」

「跟我們去見杜老大。」

「去見那豬玀嗎？吃屎的傢伙。」

「走！」

天漸漸暗了。老人微喘著走了進來。

「該有人跟黎坤說，街道也沒人管了，晚上也沒有燈了，要是尤烈喝醉了，他一定會被絆倒。黎坤到哪裡去了呢？他說就要回來，帶老呂西一起來，他買的是農門鎮的車票，但是阿朱、第松都沒有找到他。該有人跟他說，礦石上已經長滿青苔了，水壩上的野草也愈來愈長了。透西愈來愈野，麻撒的醉酒也更加厲害了。他們到哪裡去了呢？尤烈也不見了。椅子該修了，該有人告訴他們，但是，他們在哪裡呢？農門鎮沒有他們，到底他們去了哪裡？——也許他們到梵林墩去了。」

他一跛一跛地走來，對著月台叫喊著：

「喂！年輕人！」

「喂！你跑到哪裡去了？車子就要來了，要是你見到黎坤，你該告訴他這裡的一切。」

「喂！」他叫著。

「喂！年輕人！」他叫著：「你不是口渴嗎？水已經來了，車子就要進站了……」

不遠的地方火車在晚空中寂寞地嘶喊著。

評

論〈到梵林墩去的人〉

姚一葦

前言

許多年來，我懷著一份對數千年來人類在藝術文學上偉大的勞蹟的崇敬，默默地做著研究的工作。在最近的幾年裡，正寫著一系列有關藝術領域內若干問題的文章，現在我的研究工作將告一段落，因此想做一點針對我們時下的作品的討論和批評，但是一則是由於我的孤陋寡聞，所見到的值得討論的作品似乎不多，而另一方面又因為個人在公私生活上的忙碌，始終沒有這個機會。到了今日，由於包括各位在內的許多青年作家們不斷的努力，使台灣的文學界似乎有了一線蘇息底消息，兼之又逢到今日和幾個《文學季刊》同仁朋友聚敘底機會，便以發表在上開《文季》第二號上尉天驄君的小說〈到梵林墩去的人〉，作為履行我宿願一種初步的嘗試。

我的選擇尉君作品來討論，是有原因的。由於大凡文學作品，可以分成難懂的和易懂的兩種。

舉個極淺顯的例子吧，李義山和白居易之間的差別便是。然而，難懂的作品，並不一定比易懂的好。尉君寫的這篇小說，是應該屬於難懂底一類的。這裡，我只就他「表現了甚麼」、以及「如何表現」的兩個問題來分析，卻絲毫不作好、壞，高、低底價值判斷。尉君年事方盛，還有一截長遠的日子去創造，當然不必去為他作定論。只因難懂的作品，在此間尤其易於被忽略過去，所以我特地選擇了這一篇，試作分析和討論。倘若這篇小說發表在批評傳統較深厚的環境，自有能人出而評論的吧。在這裡，我願以嚴肅的態度，開始這項工作。能有機會批評我們同時代的，自己民族的作家，是十分有意義的一件事。而且，就我個人來說，也實在是一件榮幸和欣慰的事。

還想重複的一句話就是：我們只去分析，而不作任何的價值判斷。

關於象徵

〈到梵林墩去的人〉這篇小說底動作，是寫一個「青年」想到一個叫梵林墩的地方去而終於未成的經過。梵林墩在現實世界中，是並不存在的。至少，那個賣車票的老頭子便從來不知道在鐵道上有這麼一個地方。「梵林墩」是個想像的地方，只存在於想像的世界。這樣，它便是一種象徵，是很明白的事。我曾在〈論象徵〉一文中，用一個簡單的數學公式，來說明文藝上象徵的世界與真實世界之間所形成的複雜而又微妙的關係。這公式便是：

X＋X'＝1

X代表文藝作品中真實或接近真實底模擬；X'則代表在虛幻底條件下的象徵世界。當X'之值愈小，則X之值相對增大，則愈接近真實世界底模擬；反之，當X'之值愈大，則X之值相對減少，則象徵的程度增大。梅爾維爾的《白鯨記》（*Moby-Dick*）中的那條雪白的巨鯨；易卜生的《總建築師》（*Master Builder*）中的巍巍巨塔，莫不是一種象徵，而以上述的關係，微妙地構成一個創造的世界。「梵林墩」便因此也是屬於文藝上這一類的世界，而有其獨自的意義。

文藝上的象徵性，有各種不同的性質和樣式。但心理學家榮格從所謂「集體的潛意識」（或作「民族的潛意識」collective unconscious）著手研究，為人類所經營的象徵世界，歸結成為若干個基型（archetype）。其中之一，便是樂園型（paradise）。

原來人類在很早的時候，便很為社會生活上的軋轢所帶來的各種痛苦所煩惱著。因此，他們便開始在想像中建立一個樂土。在這個樂土之上，一方面有一切現實中所沒有的美好事物，一方面沒有一切現實中所存在的醜惡和痛苦。準此，不論在東西方的任何民族中，我們都可以看見基於樂園，樂園底失落以及樂園底復歸而建立起來的各種宗教、哲學、文學和藝術。舉個例子說，英國在十七世紀時約翰．班楊（John Bunyan）寫的《天路歷程》（*The Pilgrim's Progress*）便是。

這本書是寫朝香客契支丹（Christian）歷盡各種苦難和誘惑，終於達到天上淨土（Paradise）的經過。

「到梵林墩去的」那個「年輕人」剛好便是這個香客（pilgrim）底另一種樣式。這個現代的香客所要去的那一片淨土，據他說，是一個吹拂著世上最溫柔的風，人們可以「好好洗一洗身上的爛泥」的，且又可以「好好睡一覺」的地方。因此，這個香客「年輕人」嚮往「梵林墩」的過程，便是另一個意義上的「新天路歷程」（the Modern Pilgrim's Progress）了。

然而，在這個象徵的基礎上，我們又看見致使這青年人挫敗的一個東西，即 gang 底出現：

街道上忽然出現四個人。

「一定在這裡。」一個黑色的傢伙叫著，那兩顆門牙向外敞露著。

「這不是嗎？」

「你們還要幹甚麼？」年輕人說。

「跟我們回去。」

「我已不欠你們甚麼，沒有人能叫我做甚麼。」

「你要溜嗎？」

四個人漸漸圍攏過來：

「乖乖地跟我們回去，不然要你的狗命。」

「回去幹甚麼？」

「跟我們去見杜老大。」

……

在批評上，gang一詞，似乎迄今上沒有一個恰當的譯詞。它原有惡黨幫會的意思，但這裡只意味著某一種群團之類的東西。一般地說來，人是各自有其所屬的gang的。這四條大漢，便代表一個gang，威脅年輕人去見他們的「老大」。蓋大凡一個幫團，終是自有它的「老大」的。這個孤獨的年輕人，便因為這半路殺到的gang——權力的象徵——而挫敗，失蹤了。年輕人不可避免地受制於一個gang，他的脆弱而孤獨的朝香底願望，也終於不可避免地挫敗了。這種宿命論的（predestination），不可避免的（inevitable）本質和現實，便構成這篇小說的悲劇性。

這是象徵的第一層。

那個破敗的車站上的蒼老的售票員，也生活在他的想像世界裡。這個想像世界，處處都比現在的世界要美得多。在那個世界裡，「蓄水壩做好了，……就有最溫柔的風」；「可以好好地泡在水裡洗一洗身上的煤煙」；「把街道鋪上瀝青」，然後「很多人會到我們這裡來」；那兒並且有長著玉米的農場；有醫院；在街道有一座閣樓……。然而，實際上，現在的世界中，車站裡「連一把椅子也沒有」，街道髒得可以「養一群豬」，荒蕪得「連鬼都會餓瘦了」：

……老人微喘著走了進來。

「該有人跟黎坤說，街道也沒人管了，晚上也沒燈了，要是尤烈喝醉了，他一定會被絆倒。黎坤到哪裡去了呢？他說就要回來，帶老呂西一起回來，他買的是農門鎮的車票，但是阿朱、第松都沒有找到他。該有人跟他說，礦石上已經長滿青苔了，水壩上的野草也愈來愈長了。透西愈來愈野，麻撒的醉酒也更加厲害了。他們到哪裡去了呢？尤烈也不見了。椅子該修了，該有人告訴他們，但是，他們在哪裡呢？農門鎮沒有他們，到底他們去了哪裡？……」

在一片極端的荒蕪，死寂和骯髒的現實世界中，這個蒼老的售票員用虛幻的語言，建立了一個美好的世界，一片美麗的淨土。這一片在想像中構成的淨土，自然成為一種也屬於樂園型的象徵。那麼，老售票員自然也就是一個朝向淨土的香客了。但是，比起那「青年人」來，老售票員只是個不行動的，兀自坐在那間頹敗底車站裡冥想的香客。他是個不動的朝聖者：他的巡禮，是一種精神的巡禮。他甚麼也沒做，空留一片荒蕪和虛無。

但是，通過老售票員的很鄉愁調的敘述，我們知道他也曾有過他的 gang。這個幫團裡有尤烈、羅予六、麻撒、老呂西和透西等人。他們曾一度想把這頹敗的土地改革得好些：讓風吹得柔柔地，築起一個碧波萬頃的水壩，讓黃金的玉米輝煌在田野裡，修成寬敞的街道……。然而，這些人於今都似乎走的走，散的散了。和這個沒落潰散的 gang 相對，現在卻還有一個 gang 把持著這荒廢的土地。他們要維持這荒頹的現狀，不讓那「青年人」「溜」了。而凡有企圖「溜」掉的人們，便不免要受到被挾持著去見「杜老大」底命運。這樣，這個老售票員便也是個敗北者。

這個老敗北者走上了街道，目睹一片荒廢之後，竟也有些激動起來。他覺得「該有人去告訴」人們，現狀是如此之殘破啊！然而廢城寂寂闃無一人。「他們到哪裡去了呢？」於是這蒼老的敗北者，這個閉鎖於現狀之外，作著烏托邦底美夢的售票員，竟在那一剎那之間動搖了他的不成其為希望底希望，說道：

「……到底他們去了哪裡？——也許他們到梵林墩去了。」

在這個世界上，在這個荒蕪的死城之外，說不定果而有一個梵林墩吧！他在損棄了一向的空想之後，又寄託在另一個虛妄的希望裡。而這脆弱了希望，徒然襯托出一個至極深沉底絕望底悲哀。

這樣，透過樂園型的象徵去分析，在〈到梵林墩去的人〉裡頭，便有兩個「淨土」。以老售票員為代表的上一代的香客，想去現實的世界中，搭起一片淨土。而以「青年人」為代表的第二世代，在頹廢底現實中苦於無法生存之餘，想上途去尋找似乎存在於某一個地方的樂園。然而兩種巡禮者都敗北了。這兩種不同性質的敗北，正確地表現了現實底表情，具備了現實性。而火車終於在「不遠的地方」，「在晚空中寂寞地嘶喊著。」火車按著它一定的軌道行駛前進的，原是顧不得人們底絕望、蒼涼和悲哀的。

關於對比

我們已從象徵底根源，討論了文章中象徵的性質和現實性。但它同時也提供了豐富底對比。而有對比的地方，便有嘲弄。

第一，是兩種淨土的對比。一個在本地的現實上建立一片淨土，另一個卻要動身去尋訪一個不可知的樂園。這兩種不同的樂園，互相對比。而在這對比之間，又構成相互間的嘲弄。

第二，兩種敗北的對比。一個因為建立的僅是虛幻的想像，不切實際而敗北，一個因為受到現實中 gang 勢力的挾持壓迫而敗北。這兩種空想，不同性質的虛幻，互相對比，也相互構成嘲弄。

第三，這兩種不同的虛幻，不同的敗北，又表現出兩個世代（generation）的對比，而對比的兩個世代，便互相嘲弄著。

關於表現底方法

〈到梵林墩去的人〉這篇小說，主要的是用對話的形式表現的。這些對話之間的關係，並沒有嚴格的理論上的關聯性。它們雖有相關的地方和文義之外，也有各說各的、答非所問的不相涉及的地方。這種方式，稱為對話上的誤植（misfit），在性質上是荒謬底（absurd），是非邏輯底（illogical）。這種荒謬性和非邏輯性，是喜劇底的。我們在關於小說的象徵部分中，由它的命定論和不可避免性確定了它的悲劇性。這樣，我們便看到這悲劇性，是通過喜劇底方法表達了的。它在悲劇的基調上羼入喜劇性，通過喜劇的手段表現了悲劇性。

其次，尉君除了表現之外，沒有加上任何詮譯。也因為這樣，它才使人難懂。表現即表現底本身，而不參與作者底教訓或說詞。這個作風，正是現代底形式。由於無解釋而來的荒謬性，是現在藝術底歧義（ambiguity）所自由的地方。然而，所謂「太陽之下無新事」，這種形式，自不是尉君所獨創的。數千年來人類在文藝上所建立的規範，真有如如來佛的手掌，不易超越的。就近說，海明威、卡夫卡、薩洛揚和品脫諸人，都是這一形式底先驅者。然而，尉君用了這樣的手段捕捉了他所感受底現實。就這一點上，尉君自有其原創性（originality）。

末了，在表現底方法上，個人有一點小小的意見。由於這篇小說的世界是想像的世界，由想像的條件建立一個秩序。所以，應該排斥一切足以破壞這個秩序或幻覺（illusion）的東西。準此，說那「年輕人」用一張「五十元鈔」來買票，便破壞了幻覺，實在是個敗筆。

結語

以上，我們就象徵、對比（嘲弄）和表現底方法上，分析了〈到梵林墩去的人〉這篇小說的內容和形式。這是第一次的嘗試。如果條件許可，我們將繼續作這種分析，本著「分析而不作價值判斷」底原則，批評目前的文學作品，希望對於我們的文學底提高，略盡一點微力。

按：《文學季刊》創辦於一九六六年十月，主要的作家為陳映真、黃春明、王禎和、劉大任、七等生、施叔青、尉天驄等人，以及師長輩的王夢鷗、姚一葦、何欣幾位參與指導。這份同仁雜誌的師友們經常聚在一起，互相激勵，形成一股寫作的熱潮。並在每期選出一篇作品，作為討論對象，由姚一葦先生主講，陳映真（另一筆名為許南村）記錄下來。本文為當年他們的第一次討論記錄稿；之後一九七〇年尉天驄出版同名小說集時，且聽從姚先生的意見，針對作品〈到梵林墩去的人〉修改了一兩處文字。

大白牙

阿蠻把獵槍的扳機拉開，用小姆指探著發黃的槍膛。那是爺爺的老獵槍，一拉動就嘎嘎作響。「老東西這次可以派上用場了，」他說：「我們該多弄幾顆子彈來。」

我們總共只有七顆子彈，那是上次過兵的時候撿到的。我一直把它放在穀倉的橫梁上，跟那些彈珠收在一起。十五顆亮得耀眼的彈珠把媽媽的舊粉盒直裝得滿滿的。除了阿蠻，沒有人知道我有這些子彈，爸爸也不知道；平常他甚至不讓我們碰一下爺爺的獵槍。他說等我們長大了他就會帶我們到樹林裡去，教我們去打鵪鴣。我們不知道我們甚麼時候才算長大，阿蠻已經十三歲了，再過兩個月，我也九歲了。我們可以替媽媽劈很多很多柴火，也能牽著那條牛到河裡去，讓牠喝個夠。但是爸爸一直沒有帶我們到林子裡去。阿蠻過了十二歲起，我們就盼望扛著爺爺的獵槍打獵了。那些鵪鴣叫得真令人著急，但是爸爸一直不提打獵的事，媽媽也不說甚麼。早上爬上穀倉的頂間去取那個粉盒的時候，爸爸正在園子裡架葫蘆棚子，媽媽蹲在河邊的大青石上洗那件藍布的衫子。看見他們那副樣子，我們很從容地把獵槍從牆上取下來，到菜櫥裡拿了五張煎餅，一點不會擔心時間不夠，因為媽媽總是把衣服洗了又洗，直洗到腰都瘦了才提著籃子走回家來。爸爸呢，總是架一會就蹲在樹下面吸一袋旱菸，而且一吸就是半天，只要他望著那棵大榆樹出神，我們知道他準是又在嘆氣了。以前工作的時候，他總是不停地唱著〈小寡婦上墳〉，這時我們儘可以放開膽子去掏麻雀窩，但是自從家裡的房子被日本人燒了以後，他就很少這樣唱了，而且膽子變得愈來愈小。先是讓人家牽走四頭正要剪毛的綿羊，再接著大白牙也不見了。

「我們要趕到十里坡去。」阿鸞說。

「甚麼？我們要去十里坡嗎？」我說：「你是說我們要到西天那邊去？你不擔心你的腦袋被奶奶的拐杖敲個疱嗎？」

奶奶說過好多次好多次了，十里坡那邊是只有孫悟空跟豬八戒才去的地方。她一遍又一遍跟我們講唐僧到西天取經的事，也一遍又一遍不准我們野到十里坡去。我們不知道十里坡離我們到底有多遠，我們也不知道那邊是甚麼樣子。站在莊子西邊我們可以看得見那棵好粗好粗的大槐樹，那是吊著紅孩兒的大樹；沒有一棵樹有那樣粗，也沒有一棵樹那樣黑壓壓成為一片。那是紅孩兒吊著的槐樹，奶奶說，她怎麼樣也不准我們野到那一帶十里坡去。那是一條長長的土坡，紅紅地燒成一片。尤其傍晚的時候，東一堆西一堆都燒起火來，把整個西天燒成牛魔王那樣血盆大口的火燄山。

「我們要一直找到十里坡去，」阿鸞說：「我們一定要找到那個酒糟鼻子的傢伙——你是說他真有個酒糟鼻子？」

「他一定有，阿魯說他親眼看到的，那個人有個很紅很紅的酒糟鼻子。」

「我們一定要找到他，我們非找到十里坡不可。」

「你是說我們連媽媽也不講一聲就到西天那邊去，你是說我們要等著奶奶來敲破我們的腦袋？」

「呸，」阿蠻說：「要是你膽小你就留下來好了。」

「我為甚麼要留下來？大白牙又不是你一個人的。要是大白牙藏在那裡，我準是第一個可以聽見牠叫。」

他說要是我像上次跟迴龍埔的打架一樣，他寧可一個人去。

「你如果聽見狗叫再往我後面躲，我們一切全都完了。」

「我發誓，我指著老天發誓，這一次我絕對不躲在你後面。」

我絕不是騙阿蠻的，我知道這一次我們要好好鬥一場，如果碰見那個酒糟鼻子的傢伙，我要把彈珠打到他鼻孔裡去。我知道這次跟迴龍埔那次不同，我已經經驗過好幾場了，而且再過兩個月我就九歲了。

就這樣我們出發了，我們必須趁著爸爸吸菸媽媽還沒回來以前趕快離開。阿蠻用兩根布帶把褲子紮得緊緊的，那是奶奶用來勒額頭的。天一涼她總是痛呀痛的非把額頭勒得像個帶孝的一樣不可。阿蠻把褲子紮得緊緊的，這樣他就看過去像個當兵的了。我們喝飽了足夠的水，把五張煎餅塞在褲袋裡，這時候太陽已爬到桑樹頂上了。從穀倉頂間我們可以看見爸爸出神的樣子。平常這時候我們會把那些包穀拿出來曬了又曬，把頭一天劈好的柴火擺成方方的樣子。但是今天我們不再去想這些，我們偷偷地爬過河邊的灌木叢，這樣就連阿魯也不會看見我們了。

我們一邊走一邊回頭去看，一直過了磨坊以後，才完全放下心來。這兩年爸跟媽的眼力愈來愈不行了，他們甚至分不清哪個是磨坊，哪個是棗樹。磨坊的碾盤已經有好幾個地方裂開了，奶奶說磨坊是爺爺的爺爺蓋的，我不知道該怎樣稱呼他，阿蠻也不知道。打生下來我們就看到這個磨坊了，而且打生下來就聽到大白牙在昂著脖子大叫了。大白牙真喜歡叫，唏哩唏哩地把整個磨坊震得直響。那時候媽媽總把我的耳朵掩起來。阿蠻不怕，磨麥的時候，他總喜歡騎在大白牙的背上，跟著磨子直轉。這時候我總幫著媽媽把籮篩推得咣噹咣噹的，聽著她輕輕地唱起歌來。我從來沒有看見媽媽擦過這麼多的白粉，也從來沒有聽見她唱過這麼好聽的歌。就連我害病躺在床上昏昏想睡的時候，媽媽也沒有這樣唱過。但是自從那個酒糟鼻子來了以後，一切都不對勁了；磨坊的黃土愈來愈厚，媽媽跟爸爸都不再唱歌了。

過了磨坊以後，一切都陌生了。路一直向西邊伸長過去，好像從來沒有人走過。阿蠻走幾步就蹲下來仔細看個半天，起先還看得見不知是甚麼東西的腳印，後來甚麼也看不見了。兩隻藍得發亮的四腳蛇從我們腳下跑過去，在平常，我們準會把牠們抓起來拿回去裝在瓶子裡，今天我們只看著牠們鑽進蕎麥田去。阿蠻一會把槍放在右邊的肩上，一會又放在左邊。再過兩年，也許他就可以長得跟槍一樣高了。那時候這支槍就該屬於我了，因為媽媽說過要給他討個媳婦，這樣他就不能再成天扛著槍四下裡亂逛了。

太陽曬到頭頂上的時候，我們已穿過那條沙河。奶奶講孫悟空跟豬八戒的時候，從來沒有講過這條一點水都沒有的河，要不然我們一定會穿著那雙下雨天的鞋子出來，不會像現在這樣讓小石子磨得腳心發痛了。天漸漸有點熱起來，這時候媽媽該已煮好飯倚著門口喊我們了。我彷彿聞到媽媽煎的油餅的蔥花味道。

「我們該弄點吃的。」阿蠻說。

「我們有五張煎餅，那是媽媽咋天晚上做的玉米麵的煎餅。」

「我們該弄點別的，也許我們要在外面過上兩天。」

「我可以去挖一些番薯來。」我說。河灘上那一排番薯的葉子正綠得出油。

「也許你可以再弄點山棗子，」阿蠻說：「我們該帶一壺水出來。」

等我把番薯挖出來，摘了一把山棗子的時候，阿蠻已經第二次擦好獵槍了。這真是一片瘦弱的地方，番薯比阿蠻的拳頭還小，那些山棗子幾乎要把人的大牙酸掉。把番薯跟山棗子吃完以後，太陽已經漸漸偏西了。

「你都記得嗎？」阿蠻說。他把褲子的布帶取下來，又重新紮上，然後狠狠地紮了個死結。

「我記得，我從頭到尾都記得。」

我把彈弓從褲袋裡取出來，來回地比劃著。這是一支全新的彈弓，橡皮帶又緊又有勁。如果那個酒糟鼻子的傢伙出來，我要好好地射他的眼睛。我一定可以打著他，就好像射一隻斑鳩一樣。當阿蠻跟他交戰時，我要繞過去把大白牙牽出來，然後像飛的一樣騎回家去。

「我全記得，」我重複說：「我會像飛的一樣騎回家去。」

「好了，」阿蠻說：「現在讓我好好睡一覺。」

「我們不去西天邊了嗎？」

「我們要等天黑了才能進攻，」他說，然後躺下來：「現在你好好站一會衛兵。」

「你是說你去睡覺，叫我一個人站在這裡？」

「我必須好好睡一覺，在作戰以前我必須先要省點力氣。」

然後，他睡著了，那支獵槍抱在他懷裡。我把彈弓拿出來，用力地朝一隻鳥打去，牠一驚，就飛走了。那是一隻綠色的鳥，小嘴紅得透亮，我不知道牠叫甚麼名字。現在十里坡漸漸紅起來了，我不敢一直望著那棵大槐樹，那個姿勢實在怕人，我從來沒見過這樣黑壓壓的大樹。我的腳下面有個大螞蟻窩，一隊一隊的螞蟻來回交往著，看著看著我竟不知不覺睡了起來。

當阿蠻把我踢醒的時候，天已經開始暗了。

「該吃晚飯了嗎？」我揉揉眼。媽媽該把晚飯煮好了，我們也該把雞趕上窩了。

「甚麼？」阿蠻說：「你難道在哪裡都忘記了？」

「我以為我們在家裡呢！」

「呸，」他說：「我早說過不該帶你來的。」

「下一次我絕對不會睡著了，我敢對老天發誓絕不睡著。」

「我不再聽你的鬼話。」他又一次拉開槍機，用小姆指探著槍膛。「現在，我們吃煎餅了。」

「我們不是要在外邊住兩天嗎？」

「在作戰前我們必須先吃個飽，」他說：「我們一人只吃一張煎餅。」

我們吃著煎餅，那要咬了半天才咬得動。當我們吃煎餅的時候，蟲子叫得漫天價響，十里坡上又燒起一堆一堆的燄火了，那棵大槐樹愈來愈黑得張牙舞爪了。

當篜火漸漸熄滅了，我們開始了進攻。

「你都記得嗎？」阿蠻說：「你知道你該做些甚麼嗎？」

「我記得，我全都記得。」

然後阿蠻從我手裡接過三顆子彈，把一顆裝上膛去。

「把腰彎下去，」他說：「仔細看著前面。」

前面甚麼也沒有，只有矮矮的灌木叢。十里坡已紅得愈來愈暗了。奶奶如果在這裡，她一定會嚇得甚麼也說不出來。她絕對不會想到十里坡會紅成這個樣子，她也不會想到那棵大槐樹黑得這樣使人透不過氣來。

當我們爬上十里坡的時候，天已經很黑了。一切靜得怕人。阿蠻把身子伏在地上，把槍朝著前面瞄去。他要我也學他的樣子，我照他的話做了。我摸摸口袋裡面，十五顆彈珠，一顆也不少，那三張煎餅有的已經碎了。我把子彈都遞給阿蠻，當他把它放到口袋的時候，我偷偷地把一小塊碎了的煎餅塞到嘴裡去。如果不是那個酒糟鼻子，我們該已吃過晚飯，聽奶奶講故事了。從坡上看過去，對面的人家已經把燈點亮了。那準是酒糟鼻子的家，因為我們那裡從來沒見過這麼怪的房子。

現在我們開始進攻了。阿蠻掩護，我進攻。這是我們跟那些當兵的學來的戰術，他們打野外的時候，我們總跟在後面撿彈殼。那個班長拿他的衝鋒槍嚇我們，也沒有辦法把我們趕走。

「要是有人出來，你一定要放槍啊，」我說：「你絕對不能看著我被人逮住，就一個人跑回家去。」

「我比你清楚，」阿蠻說：「明年我就要念中學了。」

他總覺得自己比別人懂得要多些，一提到念中學他就神氣起來，就像他在學校做體操喊一二三時那樣，自以為是個大人了。我靜悄悄地爬下十里坡，四周靜得怕人，這準有一場好打的，我記得清清楚楚的，那個老兵曾經說過，打仗前那一會兒總是靜得會把人悶死的。我憋著氣彎著腰往前走。腳下面是一片南瓜田，半大不小的南瓜頭子滾得滿地都是的。越過南瓜地，距酒糟鼻子的家只有大約五十步遠了。現在我已經看不見阿蠻，我想他一定能夠看見我。我伏下身來，匍匐前進。我必須在阿蠻還沒有開槍以前摸到那間後院子裡去，在我們家總是把大白牙跟一些牛啊馬啊的放在最後一節院子裡。大白牙一定在那裡，我似乎聞到一堆乾草的味道。我要快點爬過去，在阿蠻沒開槍以前，像飛的一樣騎著大白牙跑回家去。

我爬到牆角邊。一點沒錯，那是跟我們家一樣的後院。我縱身跳上去，像摘阿魯家的柿子那樣容易。阿蠻一定看得見我翻過土牆，但是忽然一隻狗叫了起來，接著整個莊子的狗都叫了起來。有一隻甚至跑到牆角下對著我直叫。那是隻好大好大的黑狗，比迴龍埔所有的都要兇。我從口袋裡把彈弓摸出來。糟糕，那些彈珠都不見了，那準是掉在南瓜田裡了。接著我聽見有人從前面院子裡走出來。阿蠻一定沒有看到，要不然他該開槍了。

「開槍了！」我不能不叫：「開槍打那個酒糟鼻子！」

阿蠻沒有開槍。人愈來愈多了，燈也點亮了好幾盞。我想不管怎麼樣絕不能投降，要不然，下次碰見那個老兵班長，準會被他笑死。

「趕緊把大白牙放出來，」我說：「咱們各歸各的，誰也不要犯誰。」

「甚麼？」一個鼻子不紅的傢伙說。

「趕快把大白牙放出來，不然我哥哥就要在那邊開槍了，我們有七顆子彈。」

他們根本不理我，我往十里坡上直擺手，好讓阿蠻看見我已經被包圍了。

「開槍啊！」我叫著：「你不能看著我被人家逮住，一個人跑回去。」

阿蠻沒有聲音。後來一個人從後面把我抱住。我用彈弓直往他腦袋上敲。

「這是老鳳仔家的孩子，」那個人對一個老頭子說，那個傢伙有著一副朝天鼻子。「這是老鳳仔家第二個孩子，趕廟會的時候我見過好幾次。」

「趕快把大白牙放出來，」我說：「那是我們家的大白牙。」

「甚麼大白牙？」

「那是我們的大白牙，那是天下最好最好的叫驢。」

「我可沒有見過你的叫驢啊，」他說：「我可不知道你的大白牙是甚麼樣子？」

「那是頭叫得最響的大白驢。」

「我可沒見過吶！」

「那個酒糟鼻子牽走了我們的大白牙。」

後來他把我抱到屋子裡去，在燈光下面我發現兩隻腳已經流血了。後來一個跟阿蠻差不多大的男孩子端進一盆水來。

「去弄點吃的來，」那個老頭對朝天鼻子說：「我先給他把腳洗洗。」

「我不要吃東西，我也不要洗腳，」我說：「我們有三張煎餅。」

他根本不理我，替我把鞋子脫下來，然後用一塊布擦著傷口。

當那個人端來一盤吃的東西，阿蠻也被另外一個人押進來了。

「你幹麼不放槍呢？我一直叫著要你放槍。」

「我放了，但是這老東西一點不爭氣，」阿蠻說：「你到底在哪裡撿的子彈？」

那個人把老東西掛在牆上：

「你們是老鳳仔的孩子嗎？我一看就認得出來。」然後，他要我們吃東西。

「我們不能吃敵人的東西，」我說：「寧死也不能投降。」

「你是說我們是你們的敵人？」朝天鼻子笑著說：「你們應該先吃點東西。」

「我們不吃東西，」阿蠻說：「我們要找那個酒糟鼻子。」

「甚麼酒糟鼻子？」

「那個牽走我們大白牙的酒糟鼻子，那是一個很紅的酒糟鼻子。」阿蠻說：「我們非找回大白牙不可。」

「當然你們應該把他找到。」那個押解阿蠻的人說。

「他難道不在你們這裡嗎？」

「他沒有在這裡，」老頭子說：「他也許往西邊去了。」

「把槍還給我們，」阿蠻說：「我們要到西邊去。」

「當然你們應該去，」朝天鼻子說：「但是你們晚上去不了。」

「我們不怕牛魔王，」我說：「我們也不怕紅孩兒，我有最新最新的彈弓。」

「你們不能去，你們準會甚麼也找不到，」老頭子說；「等天亮了你們可以走，絕對沒有人留你。」

看樣子我們只好留下來了。我們坐下來把飯吃了，那個跟阿鑾差不了多少的男孩帶我們到後院子裡去。

「你們可以睡在這裡，」老頭子把一床大的被子鋪在草堆上。「你們是打哪裡來的？」他說：「你們是老鳳仔的孩子嗎？」

「我們是下馬崗的。你真沒有看見我們的大白牙嗎？」

「甚麼大白牙？你們是下馬崗的嗎？」

「我們是下馬崗的，」阿鑾說：「我們要找大白牙。」

「我們一定要找到他，」阿鑾說：「我們一定要找到那個酒糟鼻子的傢伙。」

後來我們聞到很香很香的乾草味道，後來不知不覺地我們就睡著了。當我感到小便漲的時候，我聽到車子滾動的聲音，我推醒阿鑾，發現我們正躺在馬車上。天黑壓壓的，但是我們聽得出那吸菸的聲音，我們一直不知道爸爸怎麼樣把我們找到的，我們只知道車子過了十里坡的時候，阿鑾跟我都哭了。我們再沒有機會去找大白牙了。

過了好幾年以後，我們終於把大白牙找到了。那一天，媽媽要我給阿鑾送飯去，他在學校裡已經當了級長了。我提著飯盆，等著阿鑾下課，我聽見那個穿長衫的老頭子，在講一頭驢子，一點沒錯，我一聽就知道那是我們的大白牙，因為絕對不會有第二頭驢子有那麼大的叫聲，也絕不會有第二頭驢子叫得那樣響讓老虎聽見拔腿就跑。

「貴州到底在甚麼地方？」放學的時候我問阿蠻。

「我不知道，到下一年我才能學到那個地方。」

我們不知道貴州在哪裡，也許我們該去問奶奶，但是大白牙走了的第二年，她就死了。我們也不敢去問爸爸，他總嫌我們囉嗦。

「也許我們該去問那個姓柳的傢伙。」我說。

「哪個姓柳的？」

「我們該去問那個叫甚麼柳宗元的。」

「去你的吧！為甚麼你老是要替人丟臉呢？」

我不知道怎麼樣丟了他的臉，自從念中學以後，他愈來愈像個大人了。

「該去問那個姓柳的傢伙！」

我總是這樣對自己說。但是我不知道哪裡去找他，我只知道我們的大白牙愈來愈大了，他長長的叫著，會把山上的石頭震得滾下來，在貴州，在那個我不知道是甚麼地方的地方。

被殺者

我很焦急，難忍的困乏撕裂著我，我沒有辦法看清別的事物，一群長了翅膀的我的肢體不住在迴旋著。我不知道自己在哪裡，人聲吵雜，一列火車好像從我身上輾過去，疼痛，抽筋，一種想嘔吐的眩暈。我必須起來，一個聲音在叫喚著我，這真令人焦急，我不能休息，一大堆事情需要我去安排。在山地的F鎮，瘟疫正在每個角落擴散開來，嘔吐，死亡，灰鼠色凹陷的眼睛，倒下去再也爬不起來的孩子……。我要趕到那裡去，一大群病人正等著我。彷彿是我的妻子，拿著行囊，好幾次走過來喊我，但是我不能動彈，層層疲倦正困鎖著我。我無法起身，一點力氣也沒有。一定是昨天的工作太累了，但我記不得昨天做了些甚麼，也分辨不清，現在是清晨還是午後。對面牆上有一幅自繪的風景，暗藍色的天空正旋轉著，太陽，太陽，白色的太陽一盆火焰一樣正直直地照射下來。我感到口渴，整個人被汗水濕得混身發癢。有人在吹警笛，一個孩子不停地哭叫著。水，水，水，有人走過來，好像是老劉他們幾個，但我記不清是不是他們，他們圍著我，不停地唱著，想盡辦法要把我拖起。

但是我起不來，整個人癱瘓成一塊海綿。我很為難，看樣子，我是不能做甚麼了。笨東西，我分辨不清是自己咒罵自己，還是別人這樣對我咒罵著。很多人在喧吵，使我愈來愈感到不安。實在不能再這樣下去，該有人把我弄醒，我盼望有人把冷水澆在我的身上，我必須趕快起來，吃一頓豐盛的早餐，穿上遠行的服裝，趕到F鎮去。

太陽仍然直直地照射下來，箭一樣地刺進我的肉裡，我感覺到有人在綑綁著我的胳臂，然後有一架抽水機在我身上不停地壓縮著。水，水，水，我真盼望有人把水澆在我的身上。但是，人群吵得使我厭煩，我不知道他們是誰，太陽像火一樣烤下來，一夥黑色的人影在旋轉著，一股塵土的味道一直鑽進我的鼻孔。我終於醒過來，但是陣陣眩暈，使我再也沒有辦法清晰地看出四周的景物，在這不知道是甚麼地方的路上，汗水正從脖子上一直沁下來，有一群螞蟻一類的蟲子不停地在我脊背上蠕動著。我想起來，太陽穴膨脹得怎麼也抬不起頭。我焦渴得嘴角泛著白沫，血管乾燥得要炸裂開來。好幾個警察吹著警笛，阻擋著看熱鬧的人群。有一個人正在我身上搜索著，我看不清他從我口袋裡拿出甚麼東西，只聽見他告訴另一個人找不著我的住址。一個醫生模樣的人，把一根管子扎進我的臂彎裡，當他用另一根又粗又長的針頭扎著我的血管時，我突然回映出自己被殺的事。太陽仍然照射著它白色的火焰，人群一陣一陣迫近著，似乎要把圈子縮得愈來愈小，一個孩子不停地哭叫著，隨著小販的吆喝，一波一波傳播了過來。幾個鐘頭以前，一個鼻頭上有痣的傢伙突然把一把刀插進我的身子，接著一片漆黑，在一陣猛痛中失去了平衡。這真令人惶恐，沒有人知道我的住址，甚至我的名字也沒有人知道。面臨著探案人的茫然無著，我後悔自己那種出門不帶證件的習慣。該有人告訴我的家人，他們也許正念著我，也應該有人到F鎮去，那裡有很多事不能沒人主持。我無法想像到明天晚上家裡人還看不到我，或者以為我染上瘟疫的時候，心裡是如何焦急。我要起來，我必須告訴他們我住在哪裡，但是我說不出話，一點力氣也沒有。那個醫生模樣的人正用我提包中的血壓計測量著我，他的細心，一看就知道當年是一個勤奮的學生。但是他找不到血，沒有人肯把自己的血輸給一個陌生人，而且也沒有辦法驗出我的血型。我要起來，我必須告訴他們我住在哪裡，但是我說不出話來，一點力氣也沒有。他們該澆我一身冷水，或者讓那個鼻子上長痣的人把刀子再插進我的肉裡。一隻青色的紅頭蒼蠅在我鼻子上爬來爬去。該有人澆我一身冷水，除了冷水跟疼痛，不知道還有甚麼事物能使我依然記起自己。至少我該說出自己的名字，這樣他們就可以找到我住的那條街道。

水，水，水，一道噴泉從石縫裡湧出來，石頭在那一座山上，我的妻子正坐在那裡，還有老劉他們幾個。給我一杯冷水，我說，但是他們只是笑著，沒有人理我，我的妻子坐在那裡好像沒聽見我在叫她，然後她舞蹈起來，跟一個遊方的賣藝人。不要跟他走，他根本就是一個沒有家的人。但是我沒有辦法追上他們，我要追上那條路，但一種力量卻拖著我走向相反的路上。他們在奔跑著，我大聲叫著，汗水一直濕到我的腦子裡，我沒有辦法，一點主意也沒有，甚至找不到一點辦法拉回自己的妻子。我張大著嘴，沒有人聽見我的聲音，那個醫生，仍然在忙著，我聽見他在跟探案人談話，水，水，水，我的嗓子因乾燥而整個沙啞了起來，太陽仍然用它白色的火焰烘烤著，青色的紅頭蒼蠅聚集得愈來愈多了。水，水，水，我的腦子眩暈得再也看不清四周的一切，人群的喧吵漸漸弱下去，我聽到自己在叫著上帝的名字，對我來說：這也許是件滑稽的事，但當所有人找不到我的名字，沒有人肯輸血給我，連醫生也無法知道我的血型時，我只好這樣唸著，我聽見自己在心中叫著主的名字。我必須祈求上帝，也許上帝能夠扶我起來。警笛在我四周迴響著，老劉他們幾個又走過來，不住地搖晃著我，而且一個張大嘴巴叫著我的名字，另一個則機械地唸著我的住址……

有人喊著我的名字，我也許有救了，同時我聽見有人喊著那個看顧我的醫生的名字，但是他叫甚麼，卻怎麼樣也記不起來。有人叫著我們兩個，那是一個屍體，我正用解剖刀切下他的病瘤，而他也是一樣。我要治好他，我想。我要治好他，他也在想。但是病瘤裡甚麼也沒有，平平坦坦的，跟平常人一個樣子。他望著我，我也望著他，然後聽見有人叫著：在背後，那個病菌藏在背後。是那屍體叫著，解剖室的光線真暗，我聽見那個屍體叫著，他同樣也聽見。我們翻過屍體，甚麼也沒有，然後是笑，屍體的笑，每一塊肉都張大嘴笑著。整個解剖室都笑著。我必須逃出去，他也必須逃出去，而那愈來愈大的笑聲在背後追趕著……

我又醒過來，太陽仍然像針一樣射進我的肉裡，眩暈中，不知道過了多久，我漸漸聽見母親和妻子的哭聲，她們一定哭得很久了，因為她們的嗓子發著乾啞的聲音。她們絕望地喊著我的名字，一面叫著我三歲的兒子，他一定被眼前的景象嚇壞了，恐懼地躲在妻的懷裡號啕著。我必須起來，無論如何我不能就這樣死去，在那個叫做F鎮的地方，一大群人正等著我，而我也必須回到家裡去。但是沒有人能夠救我，唯一的一部救護車，在半個月前已經壞了，遠地的一部，要在一個小時以內才能趕來。我忽然意識到把我送進城裡那間大醫院裡是多麼不可能了。那個醫生模樣的人一面喘著氣，一面把三四根管子插進我的鼻孔和血管裡。忍受不了這一切，我疲乏地把眼睛閉起，聽任著被人擺布。我的母親和妻子正用手摸著我的臉，我的身體，一面絕望地對探案人說：

——是誰殺的人哪？

——你怎麼不講話？告訴我們是誰殺的。

妻的哭聲哀傷得像一隻瘋狂的獸，從平日的情感，我深知她會為我做出任何事情。我該告訴她那個假藥販子如何怕我阻擋了他的生意而殺了我，但是我不能說出這個事實，甚至連那個兇手的名字也無法叫出口。面對著家人，我的眼淚像潮水一樣流了下來。我希望能有人安慰她們，我不願意在臨死以前，看她們哭得如此傷心。人們正議論著，我感覺到那種漠不關心的臉神。螞蟻仍然不停地在脊背上爬著，醫生的管子使我沉沉欲睡。但是我不敢睡著，我怕自己就會從此而死去。我不能死，很多事等著我去安排，我仍然聽見一個饑渴的聲音催促著我。我看見那些乾枯的樹，嘔吐，凹下的眼，倒下去再也爬不起來的孩子，還有老劉他們幾個，他們又走到我跟前，不住地搖晃著我，並且用憐憫而哀傷的聲調安慰著我的妻子。是誰殺的？是誰殺的？她瘋狂地叫著，我掙扎著睜開眼睛，盼望她能從我眼神裡得到一絲安慰，但是我卻看見一個熟悉的手在撫慰著我的孩子。他喃喃地說著很柔的話，這是一種親切的聲音，當所有的人找不到我的住址時，就是這聲音叫著我的名字，而且就是這種聲音在不斷地安慰著我的妻子。我記不得他是誰，也許就是他好幾次站在我跟前搖晃著我，要把我從沉睡中拉起來。太陽仍然不曾減弱它的光輝，我感到皮膚癢得難過，我盼望他能澆我一身冷水，但是他只是對著探案的人員說著悲憫的話，一面用富情感的聲調勸解著我的妻子。「真不該到這麼遠的地方來。」我剎時因聽見這句話而整個人都顫慄了起來，我忽然察覺我被殺的那回事，人群的喧吵真令人難堪，一個賣冰的叫聲像箭一樣敲擊著我的聽覺。就在幾個鐘點以前在那靠河的路上，那個人就這樣說著那句話，然後把一把刀插進我的肉裡。我用力地再迴視一下四周，兩個警察正用白灰圍著我畫圈子，另一個則在一個本子上提筆疾書著，有一瓶像水的東西正透過管子流進我的身體。我很疑惑，我必須弄清自己的頭腦，自從躺在這裡，時間一直迴旋著，我幾乎分辨不出哪些事屬於過去，也不知道哪些事屬於未來。我必須弄清頭腦，那個人正撫慰著我的孩子，顯然他們之間已建立了感情，我可以看見他抱著我的孩子嬉笑著。我真困惑，沒有辦法肯定他是不是殺我的兇手。紅頭的蒼蠅、太陽的光線、人群的吵雜，都使我眩暈。在這種混沌之中，我的記憶被整個攪亂了，面對那個人的熱誠，我再也肯定不了自己竟是被他殺的。但是就在他轉身的時候，我看見他臉上那顆耀眼的痣，就是那一顆，就是那一顆，那耀眼的黑點，在擴大著，擴大著，像太陽一樣迴旋著，我聽見一陣笑聲，一直冷澈到我的骨髓裡去。警察在偵訊著我的妻子，他們一直懷疑我平日有很多仇人，而最氣惱的，他們正以種種荒誕的想像與我的被殺聯想在一起。對於這種詢問，我的家人只是搖著頭，傷痛地哭著。她們不會想到我是被誰殺的，沒有一個人能夠知道是誰殺了我，我的母親，我的妻子以及那些探案的人員。沒有人知道，除了我自己，但是我叫不出來。我必須起來，我盼望那個醫生再把一些管子插進我的肉裡，我必須起來，那個鼻上有痣的人正勸著妻想想我平日有哪些仇人。看樣子他已取得我家裡每個人的信任，也許我死了之後，他會坐上我的位子，或者變成我家的貴賓，我的孩子將跟著他長大，一輩子把他當作恩人。我再也忍受不了，太陽穴幾乎要炸裂開來，我必須叫出來，我要對所有的人說出事情的真相。

——這就是兇手！

——這是個賣假藥的騙子！

我竭盡所有的力量叫著，整個人因此而昏厥起來。沒有人理我，最糟糕地沒有一個人聽到我的聲音。我閉上眼睛，仍然不停喊著。我必須告訴每一個人事情的經過，我必須指出那個殺人的騙子。太陽在旋轉著，那顆巨大的黑痣隨著它一起旋轉，我真焦渴，一層層白沫使我黏得幾乎張不開嘴。我竭盡力氣叫著，我聽見妻在對那個醫生講話：

——他恐怕要喝水？

——大夫，他能夠喝水嗎？

我知道一切都完了，我沒有辦法再趕到F鎮去，那裡的人們將因此而滿生著惶恐。我也沒有辦法再回到家裡，我的孩子將被那個殺我的人領著，他永遠不會知道我是被誰殺的。我的母親，我的妻子，每一個這世界上的人，都不會知道兇手的名字。我必須起來，只有我知道這一切，只有我知道這一切，但是一切都沒有用了，我整個人在下沉著，眼睛再也張不開來，我再不能做甚麼，即使我已聽見遠遠的地方救護車的汽笛在響著，但是我知道這一切將是徒然。

評

遺恨：〈被殺者〉結局透視

王鼎鈞

對〈被殺者〉這篇小說，我們專門討論它的「結局」。

在短篇小說裡面，「結局」和全篇每一部分息息相關，不容分割。作者寫每一個情節、甚至寫每一句話的時候都會自問，這一段文字、對造成那樣的結局有幫助沒有？這一句話、對造成那樣的結局有妨礙沒有？有幫助、無妨礙者寫入，反之，一律割捨。有人說，短篇小說的「目的」，就是「結局」。這就技術觀點而論，言之成理。

還有，〈被殺者〉寫一個醫生遇害後身死前的彌留時刻，這一刻很短暫，被殺者的職業和家庭狀況，兇手和行兇動機，都「壓縮」在短暫的一刻之內。乍看起來，整篇小說只是一個較長的故事的「結局」；也就是說，作者胸中本有一個較長的故事，如今只寫出這故事最後的部分。對這樣的小說，「結局」的重要更是可想而知。

〈被殺者〉所包含的那個「較長的故事」，可以依作者所寫出來的「最後的部分」推想而得。作者顯然有意幫助我們完成此一推想：

①某一山地發生瘟疫；
②某一公醫前往滅疫救人；
③某一密醫前往出售假藥牟利；
④密醫嫉恨公醫；
⑤密醫偽裝成公醫的朋友；
⑥公醫在行醫途中，為密醫刺殺重傷；
⑦有人發現血案，報警；
⑧醫生趕來急救，傷者恢復知覺；
⑨警察來現場偵查，無所獲；
⑩公醫之親友趕來探視；
⑪兇手安慰傷者之妻兒，並取得信任；
⑫公醫傷重身死。

〈被殺者〉用第一人稱寫成，由於「觀察點」的關係，「醫生趕來急救，傷者恢復知覺」變成「傷者睜開眼睛，看見醫生正施以注射。」（餘類推）〈被殺者〉由此處（即第8）寫起。雖說〈被殺者〉所寫的是「一個較長故事的結局」，但這「結局」的本身又含有若干層次（8至12），它有開頭也有結尾，傷者甦醒是開頭，救治不及終於死亡、兇手逍遙法外是結局。我們特別談一談這「結局」（8至12）的部分。先說主角之死。文中說主角恢復知覺之後：

「我無法起身，一點力氣也沒有。一定是昨天的工作太累了。」

又說：

「我必須趕快起來，吃一頓豐盛的早餐，穿上遠行的衣服，趕到F鎮去。」

這位醫生在先一天晚上工作過度，第二天未吃早點即出發行醫，可見他不注意自己的健康和安全。

文中提到主角遇害地點時說：

「在這不知道是甚麼地方的路上……」

「真不該到這樣遠的地方來……」

「在那靠河的路上……」

這位醫生執行職務的地方是在山地。山地、遠方、河邊，不知名之地，予人以十分荒僻的印象。在這樣的地方遇害，發現和營救都比較困難。

在荒僻的地方，醫療和救護設備照例都是貧乏的。文中說：

「他找不到血……，而且也沒有辦法驗出我的血型。」

「唯一的一部救護車在半月前已經壞了，遠地的一部，要在一個小時以後才能趕來。」

加上瘟疫流行，加上「愈聚愈多的紅頭蒼蠅，」在這樣的地方身負重傷，全活的希望相當渺茫。

再說破案之難。本案發生後，警方偵查的方向是仇殺：

「警察在偵訊我的妻子，他們一直懷疑我平日有很多仇人，而最令人氣惱的，他們正以種種荒誕的想像與我的被殺聯想在一起。」

真正的兇手從旁推波助瀾：

「那個鼻上有痣的人正勸妻想想我平日有哪些仇人。」

兇手何以膽敢如此？受害人發表其沉痛的觀察說：

「看樣子他已取得我家裡每個人的信任，也許我死了之後，他會坐上我的位子，或者變成我家的貴賓，我的孩子將跟著他長大，一輩子把他當做恩人。」

這是說，無論警方、民間，乃至受害人家屬，都沒有把真正的兇手當做仇人，兇手在「仇人」之外，一切可能是嫌疑犯的人中間並無真兇。

何況，附近的民眾雖然麇集現場來看熱鬧，對誰是真兇不關心。何況，警察本來不能立即知道受害人姓名，幸虧「鼻上有痣的傢伙」提供。兇手之狡猾、陰險、鎮定、善於偽裝，和現場的紊亂、匆忙、例行故事，成為強烈的對比，破案無望，不言而喻。

〈被殺者〉即以受害人死亡、兇手漏網為結局，其結局不如人意，成為所謂不圓滿的結局。不圓滿的結局或稱悲劇的結局，圓滿的結局則相對的被稱為喜劇的結局，或大團圓式的結局。這些名稱往往引起觀念的混亂，我們還是針對事實來加以說明：〈被殺者〉的結局可以有兩種，除現在業已寫成的結局以外，還可以處理成兇手伏法，死者的貢獻得到表揚，死者的家屬得到撫恤。後者較為「圓滿」，也就是說，在人事上比較能減少遺憾和不公，比較能使大家「滿意」。在這裡，圓滿和滿意等詞，與批評藝術品的精粗優劣無關。

作者為甚麼使用這一種結局而不使用另一種呢？這當然因為他相信此優於彼。關於兩種結局的優劣，文評家們一向有「多數意見」，認為不圓滿的結局較好。《紅樓夢》被推為傑出的小說，理由之一在賈寶玉棄家為僧。《水滸傳》，在梁山好漢「大團圓」之後，忽來一場「驚夢」，而夢境十分悲慘，一般認為這是七十回本的一大長處。我們相信，〈被殺者〉如以「法網恢恢，惡有惡報」為結局，勢必失去現有的撼人的力量。不圓滿的結局反而比較「圓滿」——藝術上的圓滿。

不過，這不可一概而論。市上流行的通俗小說，以人生的殘缺賺讀者眼淚，反而淺俗無味。

採取那一種方式安排結局，只是「如何說」，更重要的是「說什麼」。以〈被殺者〉而論，如果採取圓滿的結局，似乎作者所「說」出來的「東西」較淺，較少，較弱；相較之下，現在「說」出來的較深刻，較豐富，較強烈，我們相信，作者若不採取「不圓滿的結局」，他所要表現的，可能大部（甚或全部）不能表現出來。這樣，採取那一種結局，不只是較優，也是必須。至於〈被殺者〉究竟要表現什麼，兩種不同的結局在表現上究竟造成多少差異，此中真味，訴諸欣賞者的品鑑能力及對人生的經驗閱歷。

「不圓滿」是人生痛苦的一面。作家對人生痛苦的感受、覺察，有及有不及，所及又有深有淺。傷春悲秋，不但俗濫，而且膚淺。把「蘭亭已矣、梓澤丘墟」僅僅看成「勝地不常，盛筵難再」，未免避重就輕，所識者小。說人生值得大書特書的恨事是「西瓜多子，海棠無香」，無非名士故作詼諧而已。〈被殺者〉雖然只有四千多字，所觸及的人生痛苦的層面，既廣且深。舉例來說，〈被殺者〉的主角無疑的是一個好醫生，他時時以濟世活人為念，當他在生死邊緣掙扎時，有六次想到他亟待完成的工作，僅有三次想到家庭。他的狂熱使賣假藥的人認定無法與之和平共存，迫而採取暗殺的手段。好人不得其死，是一種不圓滿，一種痛苦。這個好人，這個社會改革者犧牲以後，懵懵懂懂種的群眾不知感念，「不圓滿」更甚，痛苦也更深。群眾非但不知感念，反而來到出事的現場做小販，逐蠅頭微利，「不圓滿」最甚，痛苦也最深。照這種辦法排成一張表，一目了然：

痛苦	更痛苦	最痛苦
好人橫死	公眾不知感激為公益而遇害的好人。	小販利用好人遇害的機會做生意，致好人臨終不得寧靜。
死	有志未成身先死。	有志未成，被邪惡的對方謀害而死。
死	遺妻子而死。	遺弱妻幼子老母而死。
兇手逍遙法外	兇手是死者的「朋友」。	兇手為死者遺屬所倚託。
猝死，無遺言	絕而復甦，有遺言但說不出來，終無言而死。	屢次昏厥，屢次甦醒，屢次想說話始終說不出來，無言而死。

上表未能包括作者「意到筆不到」的部分，例如作者寫受害人望見自己的妻子：

「我的妻子，坐在那裡好像沒聽見我在叫她，然後她舞蹈起來，跟一個遠方賣藝的人。」

「……這種聲音在不斷安慰我的妻子。……看樣子他已取得我家裡每一個人的信任，也許我死了之後，他會坐上我的位子。……我的孩子將跟著他長大，一輩子把他當做恩人。」

所引第一段「遠方賣藝的人」，和第二段中的「他」，同指一人，即殺人的兇手。舞蹈云云，在受害人當然是一種錯覺，作者似乎是用一種譬喻（像舞蹈一樣團團轉）。而「舞蹈」這個意象，卻使讀者發生作樂忘憂或獻媚取悅之類的聯想。讀者發覺可能出現蝴蝶夢裡的莊妻，渾沌未鑿的孩子將以父事仇。對那個躺在地上的受害人來說，這個令人致命的隱憂和恐懼，適足以加速其死亡。作者並沒有明白地寫出這種淒厲，但是，在字面之外，淒厲刺心蝕骨，比已寫出來的白紙黑字更逼人。我們可以把這種效果列為第四層面。

〈被殺者〉以極有限的字數，寫出如上的四個層面。它由較淺的層面開始，迅速向最深的層面推進，聚成極大的壓力，將主角壓入十八層地獄（假如這是最後一層地獄），構成此一嗚呼痛哉的千古沉冤。作者已經布置了第一層面，不得不經營第二個層面，否則，第一層面便無意義。有了第二層面，不能不寫出第三層面，否則，第二層面又無意義。我們在前面曾假設〈被殺者〉可以有兩種結局，那只是就打腹稿而言，既已寫成，結局即很難更換，因為〈被殺者〉的結局並不像壁虎的尾巴可以東指，可以西指，也可以卸下來不要。如果一定要〈被殺者〉最後露出「光明」一來，不但最後兩三段要改，由第一段起，每段都有許多文句要增要刪，剔肌換骨，大動手術，最後差不多等於另寫一篇。當然，勉強裝一個光明的尾巴，不問它是否與身體血脈貫通肌理相聯，又作別論。

傷重垂危的人，視覺聽覺都失去正常的作用，以致所見所聞都非常「奇異」，列舉如下：

一、關於視覺者：

(1)牆上有風景畫。

(2)暗藍色的天空旋轉。

(3)黑色的人影在旋轉。（在「太陽像一盆火」之下）

(4)兇手鼻頭上的黑痣擴大，擴大，迴旋不已。

(5)朋友坐在山上笑。

(6)妻子在舞蹈。

二、關於聽覺者：

(1)聽見被解剖的屍體叫自己的名字。

(2)小販的吆喝聲刺耳如箭。

(3)朋友們不停的唱著。

(4)分不清是他自己罵自己，還是別人罵他。

以上各節，均「查與事實不符」，人之將死，眼神渙散，聽覺錯亂，物象音波皆被扭曲而變形失真，加上平時的生活經驗（如解剖室內）以幻覺的形式羼入，遂使這位獻身社會鞠躬而死的醫生，最後所見到的世界如此荒謬。這，發揮了第一人稱的特點，也加重了結局的沉痛：一個態度嚴肅工作認真的科學家，最後竟得到如此荒謬的一個世界，豈不是天道難知？妻子因他受傷而急得團團轉，在他看來是舞蹈；朋友因協助急救和偵查而語聲亢急，在他聽來是唱歌。他所認識的世界，與芸芸眾生實際生活的世界，竟有如此大的差別，彼此不但恍如隔世，而且形同異類；死者之千秋寂寞，豈非命定？這樣沉痛的結局，已不能用「不圓滿」「殘缺」一類字眼來形容，稱之為「遺恨」，也許可以約略近似！

按：本文出自王鼎鈞先生早期知名論述作品《短篇小說透視》（一九六九）書中〈遺恨〉篇。副標為編者另加。

< 5 點 27 分

總是在等待著那個時刻

我們走在不知走向何處的路上

在不知何所企盼中等待著

「李牧師嗎？」

「是的，我就是。」

「你就是李大衛牧師嗎？」

「我就是，你是哪一位？」

「我可以來看你嗎？」

「你明天來吧，明天十點鐘做完禮拜以後……」

「我非要今天晚上不可，這一會你不會離開教堂吧！」

「你知道已經十一點多了……」

「我馬上就來！」

電話馬上掛斷了，李牧師拿起鎖匙把抽屜關好。他要走去關窗子，還沒有站起來，一個疲憊的青年人推開半掩的門走進來。

「我想你一定在這裡！」

「你是……？」

「等一會你就會知道的——我是說你是不是急著回去？」

「不，不，你一定有要事？」

「你不住在教堂裡？」

「我住在那邊街上。」

「你不是一個人住？」

「我們有兩個孩子，一男一女。」

「這樣說，你老婆在家裡等你？」

「這個，」牧師說：「你該有事吧！」

「你家的每一個都信教，我是說你們做任何事都先禱告？」

「你是說我的家，這個自然。」

「那真是每一個人都想要的，想想看，每個禮拜天，一家四口穿上最乾淨的衣服坐在教堂最前面一排椅子上，我是說坐在那張椅子上，」他指著外面說，然後在一張椅子上坐下來：「這是甚麼木料的？」

「這裡的椅子和桌子都是楠木的。」

「啊，坐在楠木的椅子上，聽你吹一篇動人的大法螺，那真是天底下最動人的活兒。——你明天講哪一套？」

「等明天你就知道了。」

「你是說叫我坐在這裡跟那一群老太婆小姑娘一起聽你哼哼唧唧地背禱告詞，坐在那裡聽你講五條魚兩張餅的故事？」

「你禮拜天都做甚麼？」

「我可以一直躺到十點鐘，要是你們那架老爺鐘不把我吵醒的話。」他指著樓頂說。

「這樣你經常趕不上做禮拜？」

「你別臭美啦，你以為每一個人都跟你一樣按著作息表辦事！」

「那並不是甚麼難事，你只要按著鐘聲去做就成了。」

「對你說來，那當然不難，可是你知道那口鐘是哪一年裝上去的？」

「……」

「你當然不知道，你要是知道，你早就躺到地下去了，而且你也不會知道它叫的像甚麼，因為半夜裡你不會睡不著，也不會沒有人陪你聊天，我是說，當你甚至連一個男人也沒有的時候。」

「你有事嗎？半夜裡打電話來總不能沒有事？」

「就有事要來了！」

「甚麼？」

「我是說今天就有事情來了，就是今天，」年輕人說：「我對自己說你不能像害了瘋癱病一樣不死不活。」

「唔，我想你一定有甚麼事要告訴我，就快十二點了！」

「那就是為甚麼我要來找你，——你知道日子可不是好捱的？」

「有甚麼困難吧！」

「你不介意我這麼晚吵你吧！」

「哪裡，你說哪裡話。」

「你在介意！」

「沒有，我真的沒有。」

「你老婆一定在等你回去睡覺——你一定在想著你老婆會做些甚麼吃的等你。」

「你一定沒有事了吧，如果還有話要說，你明天來好了！」
「你早上打太極拳吧？」
「啊，這個，你怎麼知道？」
「我一看你的肚子就曉得，只有你這一種人才去打太極拳，我敢打賭你並不真的去打拳——」
「我也可以換換新鮮空氣，每天早上要是你能起得來，你就知道那不是壞主意。」
「那當然不是壞事，那是刮刮叫的玩意，你可以跟那些老頭子老太婆擺架式，跟他們說山海經，然後禮拜天他們就會坐在最前排為你鼓掌。」
「教堂裡，你知道，從來不鼓掌的。」
「那是一樣，老狗撒尿也盼望有東西去聞，你等著他們恭維你，明明你知道他們坐在椅子上打瞌睡……」
「你以為我閒得非聽你講話不成嗎？」
「你不要生氣，我一點也沒有惹你生氣的意思。天下事就是這麼回事，最糟的是你死不了心，你說你死心了，其實你根本沒有死透；你不去試試別的，別的事根本逗不起你的勁頭。每天你去開信箱，你明知道沒有人寫信給你；有時你不得不拿一封過了時的信，因為你怕別人笑你；你坐在辦公室不敢走開，你總以為有人打電話給你；每次電話響你都心動，但是沒有一次有人找你；你睡在房裡等著有人敲你的門，你聽著那些腳步走近來又走開去，你忍不住隔著窗簾偷看樓下面走過的人，你想找人談談，但是你找不到一個，你想有人聽你吐苦水，卻沒有人陪你流眼淚；你覺得你該找個人，你找張三，撥電話給他，等他接聽的時候，你又沒有話好講；你不作聲，聽他罵你王八蛋，讓他把電話掛上；每天你不停地開那架老爺收音機，你等電話，等著有人敲你的門；到有朝一日你啥也等不到，等你連老爺收音機也開膩了，你就會找一些蹩腳事來幹，你去聽俗到二十九級的流行歌曲，你的巴掌比誰拍得都響，你躲在小戲院裡看第九流的武打片，你跟那些缺牙的老頭子、拖著鼻涕的小蘿蔔頭一起笑，你會把腰笑得直不起來，你會跟房東那個老太婆嘮叨個沒完，你嫌麵館的餛飩餡子太少，罵他的滷蛋不夠火候；總之，你變成十足的小兒科，你是澈底的混蛋加三級……」

「你就是為了這些半夜裡打電話給我！」

「哈，這一下你承認了吧，你根本一心要去陪老婆睡覺，你裝成一副慈悲相，其實你完全心不在焉，就像你吃飽飯睡覺之前的禱告一樣……」

「你難道不能說一句好話嗎？你知道我花了時間一直在聽你——」

他站起來，從桌子上拿起一本書放到書架去。

「現在我要告訴你我為甚麼找你，——你一直在唸《聖經》？」年輕人說。

「你為甚麼不唸唸《聖經》？」

「哈，你以為世界上就只你一個人唸過那玩意？一本燙金的好書，從創世紀到啟示錄，整整一千五百零三面。你唸它，這樣你就可以裝成一副孔夫子相，你每天早上可以按著它禱告，然後翻開一頁看它指示你辦些甚麼事……」

「你為甚麼不讓上帝住進心裡？」

「哈，祂一直在我裡面，祂像一根針一直扎進我的肉裡，但是我愛祂，我永遠不敢躲在廁所裡對祂寫：王小毛你媽媽偷人；我悶得想找個人打架，但是我不敢找祂，我怕我打了祂的右臉，祂會連左臉也偏過來；有些事你不敢跟祂說，就像你寧肯當褲子，向朋友告貸，也不敢跟媽媽說你窮的光了屁股……——所以我給自己算了命，我不像你一樣老是說：**不要竭力掙扎，只要忍耐靜待！**」

「那是馬太福音第二章第十三節。」

「你去等吧，坐在楠木的椅子上去等，跟那些老頭子老太婆擺著架式去等，喊著哈利路亞去等——我可沒有這個耐性，而且我打一萬個賭說：今天遲早會有點名堂。」

「今天你都遇到些甚麼事？」

「我不知道，我一點也不知道那該是些甚麼事，從昨天夜裡我就感覺到，一定有事發生。我對自己說：你一定要睡個好覺，但是我怎麼也睡不著，隔壁那個學生咳啊咳的整整一夜沒停，後來有兩隻狗在樓下打架，有一隻呲著牙兇得不得了；後來就聽見你們這個老爺鐘噹——噹——噹敲個沒了，那時候正好有兩個人打街上走過，他們一定是喝醉了酒，哼哼唧唧地唱個不停。我想睡一會，怎麼也睡不著，我對自己說：明天要是沒有精神，一切可全完了，於是我就數綿羊，從一一直數到兩千多，還是不成，我想了個絕招，把數目字倒過來數，兩千，一千九百九十九，一千九百九十八……那真是新發現，我竟然看到一些人，真可惜我記不清他們是誰，我知道那就是今天馬上就要來的。樓上的那個傢伙一定是腎虧，一夜起來好幾次，而且把樓板踏得咯登咯登地直響，今年的天氣真壞，下半夜冷氣直往被子裡鑽，我睡成臥狗式把頭整個蒙起來，胃好不舒服；餅乾筒全是空的，我喝了足足一大杯開水，破信封裡有一小包白糖，把它整個拌到杯子裡，那是半截喜帖的封套，我一直猜不出明天該有甚麼事，也許只有老天能夠知道，只是祂不肯說，我想要是自己有朝一日要發帖子的話應該發給哪些人，我於是就數親戚朋友的名字，從母親那一族一直數到小學的同學，還想起一個外號豬肝的女生；我背他們的名字，背他們的綽號，後來老太婆起來生爐子，她呼啊呼啊的搧個沒了；我想乾脆起來算了，卻怎麼也打不起勁來；等我再起來時，天已經亮得曬到屁股了；真該死，我抹了兩把臉，漱漱口，在拐角屋簷下面喝了半碗豆漿，一邊走一邊啃完那付燒餅。其實到了辦公室也沒有事，我花了十分鐘把那篇連載的武俠小說看完，沒啥意思，那個寫小說的缺德傢伙有意在拖，那兩個和尚再打上十天可他媽的全都沒有命了；黛絲夫人信箱有一個趣味的問題，一個先生問要是太太心野了可不可以欲擒故縱？我猜不透明天的答案是甚麼；小廣告欄除了身分證遺失，就是圖章作廢；有一個妻子警告丈夫，那不會是我；電影版有一張十二吋的肉彈照片，以前曾經在哪家理髮店的畫報上見過。十一點工友送來兩份公事，第三科新來了個張股長，老孫說不知道他是甚麼長相，另外一份是要我起草的呈文，這玩意早搞熟了，比摸麻將還容易；去開信箱，有一封找我做保的信，跟老劉下了一盤棋，讓他三子贏他兩目半；十二點到隔壁麵攤吃一碗蹄花麵，聽老李吹了半天女人經，就這樣你整個下午跑出去壓馬路，看一場老得沒牙的偵探片，你不住地注意找人的字幕，你比片子裡那個傢伙還糟，你跟他一樣在老婆後面跟著整整一天，你要抓到她去幽會的那個人，結果你甚麼也抓不到……」

樓上的自鳴鐘突然響了。

「我要回去了，已經十一點半了，我實在不能再遲了！」牧師說。

「我不要你回去！」

「你要幹甚麼？你鬧了一夜還沒鬧夠？」

「把鐘給我撥回來！」

「甚麼？」

「把鐘撥回來，要不然那個老討厭鬼，待會又要噹噹地叫起魂來了。」

「我，我不撥！」

「你撥！」

「不撥！」

「撥！叫那口鐘不要趕廟會那麼急地這麼早就噹噹直響！」

「我叫人了！」

「你不撥！你以為它真是甚麼寶貝，你以為它多準，我要你看看它老爺到甚麼地步，我要你看看這老鴉片煙鬼。」

他一步一步往樓梯那邊走去，喃喃地自語著：

「你不能這麼早就響，你這沒有耐性的傢伙，你不能……」

他衝上樓去。

「你幹甚麼，你瘋了，那會摔死你！」

他急忙地撥著電話，還沒有撥完號碼，一聲慘叫傳過來，接著一個人體隨著一面大鐘從摟上摔下來。

「啊啊！啊！」

當他側眼看時，年輕人正呻吟著：

「牧師，趕快叫救護車……不要遲了……我知道準有事要發生，我走了一天……沒有事……我丟銅幣，我對自己說人頭朝上就來找你，我打了電話……趕快打電話……這是我三十歲的前夜……我等了好多日子，有事來了……」

大鐘咯咯地走著，兩根針正指著五點二十七分。

「還有時間，牧師，我沒有意思要跟你吵架……電話還來得及……」

牧師醒過來，愴惶地拿起電話機……。

又一個晴朗的日子

大宿舍靠近圍牆的一排窗子都面朝著東方，每天太陽總最早從那裡照了進來。早上我被透過窗簾縫隙的光線刺醒的時候，心裡知道時間已經要比平日晚了，我於是趕緊起來，一定是我的動作太重了，朝裡睡著的妻，忽然翻轉了她的身子。

「你又要出去了？」

「妳睡麼！我隨便走走就回來。」

「你一天不出去日子就過不下去了？」

「反正我也要出去買早點，」我拍拍妻包著被子的肩膀：「時間還早，妳還是再睡一會吧！」

我這樣說著，知道時間已經不早了，我想他們幾個一定蹲在公園的廟門口猜說我病了。我走過去把窗簾拉緊，再到盥洗間擦了一把臉，然後走到廊簷下把鳥籠取下來，我習慣地對著籠子吹了兩下口哨，聽見那堇色的小東西在布幔裡咯咯地跳了起來，於是我點上一支菸，取下布幔，提著鳥籠悄悄地走出了家門。

雖說比平日晚了，街道上仍然有點寒冷；除了一家麵包店，所有的門窗都冷清清地關閉著；馬路邊，兩隻狗正捱著一個一個的垃圾堆找尋著食物。我吸了一口冷氣，覺得非常舒服。

第一支菸吸完，我已轉過第二條街道，五六個上學的小學生正跟我打了照面。當他們看到我提的鳥籠的時候，都把腳步放慢，瞪大了眼睛。

「能讓我們看一看嗎？」一個小女孩說。

「牠一定叫得很好聽。」另一個小男孩附和著。

我停了下來，把籠子捱近他們的小臉。

「這一定是隻母鳥。」

「你怎麼知道？」

「公的沒有這麼好看。」

「亂講！」

「你才亂講！」

爭執還沒有完，一個小男孩從口袋裡掏出一包筍豆。

「我可以餵牠嗎？」

「牠還沒到吃早飯的時候。」

小男孩惋惜地把手放回口袋，然後惆悵地跟著大夥走了。當他們離去的時候，我止不住摸了一個小女孩的馬尾。我希望自己教的那些學生都能跟他們一樣。

「你們怎麼不吃？」

「……」

「到老師家還要客氣！」

「沒有。」

「客氣要吃虧的！」

「我們沒有客氣。」

「那麼，隨便來一點。」

「謝謝老師。」

「潘小芬，好久沒有看到你父親了，他最近都還好吧？」

「謝謝老師，他還是老樣子。」

「我們第一次見面的時候，妳還沒有生哪！」

「爸也跟我說過。」

「有空請他過來坐坐。」

「謝謝老師。」

「呃，你們幾個怎麼還不動手？」

「謝謝。」

「真的不要客氣！」

「沒有，沒有，謝謝老師。」

我想盡方法想讓他們爭辯起來，但是他們只是像在教室裡一樣端坐在那裡。世界上似乎儘都是這樣的日子。

「艾蜜，妳有沒有聽人講起我結婚以前是甚麼樣子？」

「還用人講嗎？我哪件事不清楚。」

「不是這一段，是認識妳以前。」

「噢！原來你還念念不忘那段偉大的戀愛史。」

「哎呀！妳怎麼儘往那些地方想？」

「那該往哪裡想？」

「我只是想問妳，假如有人心裡有鬼，該先趕鬼，還是就這樣混下去？」

「我忙得要死，哪有功夫聽你講鬼話！」

「不是鬼話。」

「哪還會有甚麼正經的。」

「我是說假如有一天我們跟……」
「跟甚麼？噢我知道了，你每天原來在盼望我早點死掉。」
她大吼起來，聲音愈來愈大：
「你每天出去，背著我找女人，你別以為我成天躺在床上，甚麼都不知道！」

我一面想著妻，一面穿過第一個平交道。一個年輕人騎著單車飛馳過去，當他經過每一戶人家的門前，就輕捷地把一份報紙丟進去。寧兒從前大概也是這個樣子，雖然他已經長大成人，在我印象裡他還是小孩時的模樣。他從國外寄回來的信雖然總是一個格式，我們仍然要一遍又一遍地讀著它：
「親愛的爹：冬天到了，您的風濕病不知又怎樣了……」
「親愛的媽：每天我都感到依然在您的身邊……」
他每一次都說生活過得很好，希望他說的都是真話，因為在他出國以前，我曾經發現他一次祕密，那是在他結婚以後沒有多久。
「這是你的嗎？」
「不是我的。」

「上面寫著你的名字。」
「那是賈傳義的，因為他忘記帶證件，所以用了我的。」
「你就這麼樣當好人？」
「哎呀！爹，上一次當鋪也不是犯了甚麼罪過。」
「你們的生活費不夠嗎？」
「謝謝您，爹爹，我們一直過得很好。」
「有甚麼困難直接給我說。」
「謝謝您，爹爹，有事我一定找您。」
其實他有事寧肯跟那些不三不四的人說，也不會告訴我他需要甚麼。多少次我想揭穿他的祕密，但是我發現自己已不能再像他小時候說謊時那樣打他屁股了。
一輛汽車在我面前開過去，為了躲避它放出的黑煙，我幾乎跟一個人碰上。
「莊教授早！」
「噢，早……早！」
我還沒有看清是誰，他已走了過去。忽然他又折了回來，這次我看清了他是教堂的李牧師。由於他在我們這間學校兼了幾個鐘點的英文課，所以大家也就比較別人熟悉多了。

「莊教授，我出門的時候帶錯了東西，可不可以麻煩您經過教堂的時候，順便丟進信箱去？」

「好！好！」

「莊太太這兩天還好吧？」

「謝謝，吃了中藥以後，兩條腿的肌肉好像又舒展得開了。」

「真是感謝主，」他職業性地點著頭：「下禮拜開始，我們有十天的布道大會，希望您一定參加。」

「一定，一定。」

「我們還特地要為莊太太舉行一次禱告。」

「謝謝您，有空請來舍下坐坐。」

我從他手裡接過一個薄薄的信封，等他走過街轉角的地方，我才把它放進口袋裡，順便摸了一支菸點上，然後穿越了馬路，公園的廟頂已經在望了。

五年前我接受了教會的洗禮，但是在課堂上我仍然不讓宗教跟哲學扯在一起。我們的教會是採用浸洗的，那天我從更衣間換上一身潔白的聖衣走出來的時候，妻正嚴肅地跪在凳子前的草墊上祈禱著。兩位年輕的牧師把我扶到聖池邊上，大風琴開始響起來，唱詩班隨著琴聲也開始唱著聖歌。調子是我現在還熟悉的一首民謠，所以我記得住每一句歌詞：

真超脫，真超脫，
從今後，
一切罪孽都不能再纏我。
哈利路亞！
哈利路亞！

然後在眾人齊聲的禱告中，我被整個按入水池裡，又在禱告和唱詩聲中走出了水池。當我換上自己的衣服坐在第一排座位上時，我的老友理學院的梁教授正兩隻手緊握住《聖經》，用他沒有牙齒的下顎隨著大家喃喃著：

「我們在天上的父，願人都遵祢的名為聖，願祢的國降臨，願祢的旨意行在地上如同行在天上，我們日用的飲食，今日賜給我們，免了我們的債如同我們免了人的債，不教我們遇見試探，救我們脫離兇惡，因為國度、權柄全是祢的，直到永遠！阿門。」

當他用顫抖的聲音唸著「阿門」的時候，有幾滴淚水正從他乾枯的眼睛裡流了出來。

但是受洗以後，我去教堂的次數愈來愈少了。

「我們想請莊弟兄做一次見證。」

「這個？這個？」

望著四周的信徒們我感到從不曾有過的惶恐。

「把您得救的經過隨意報告一下。」

「我，我實在不會講，等下一次好吧……」

我坐下來，過了好半天還感到眩暈，在眩暈中，我閉上眼聽牧師唸著擘餅會的經文說：「他們吃的時候，耶穌拿起餅來，祝謝了，就擘開遞給他們說：你們拿著吃，這是我的身體；又拿起杯來，祝謝了，遞給他們說：你們喝這個，因為這是我立約的血，為多人流出來的。」

所以禮拜天的時候，我總會把整個上午消磨在公園裡，有時我也試著來一陣十段錦，而大部分時間，我都是一個人面對荷花池坐著。

我得承認我很喜歡荷葉垂敗下來的神態，課堂上當我講著人生境界的時候，我常常用詩詞來彌補自己語言的不足。

菡萏香銷翠葉殘，
西風愁起綠波間，
還與韶光共憔悴，
不堪看。
細雨夢迴雞塞遠，
小樓吹徹玉笙寒，
多少淚珠何限恨，
倚闌干。

我聽到自己的聲音帶著濃重的蒼涼，在蒼涼中我聽到竊竊私語。我往台下看去，潘小芬正跟她隔座的同學在筆記本上亂畫著。

「潘小芬，妳來解釋一下，這首作品的意味如何？」

「……」

「照妳自己的感覺來講。」

「我可以嗎？」

「當然可以。」

「我感覺不到它有甚麼意味。」

隨著一陣笑聲，潘小芬頓時手足無措起來，望著那張睜大的眼睛和那一頭長髮，我只好笑著說：

「僅僅字句的解釋對你們是沒有用的，有些事也許是你們永遠不會懂的，因為我第一次站在台上講課的時候，你們當中還沒有一個出生……」

一點不假，我第一次上台講課的時候，他們還不曾出生，所以有些事他們永遠也不會懂得。我決定儘早辦理退休。下個星期，我有一次演講，所以這些天我經常到公園去構思。有一陣子，幾乎每天我都在那一片大理花的苗圃裡走來走去。

「一定是你偷的，一定是你偷的。」

一陣尖厲的叫罵忽然從我上面傳來，抬頭一看，一對母女正在捱著公園的木板房的小閣樓上廝打著。

「不是我，不是我，我沒有拿你的東西。」

「還說不是你，再不會是別人，上次你偷了我的戒指，當給那個老王八蛋，你還不承認！」

「不是我，不是我，這次不是我，我可以發誓。」

「鬼才信你，趕緊告訴我拿到哪裡去了！」

一陣抽打，跟著一片喊叫。我緊忙走開，在兩棵大王椰子下的椅子上坐下來。

近幾個月來，報上不斷在宣傳空氣清潔運動；要空氣清潔，一個城市就必須設立幾個像樣的公園，不要四處堆滿了木板房，讓人感到零亂不堪。

「想想看，您總得擔當一點職務。」

「我甚麼也不想擔當。」

「你難道認為自己老了？」

「我不想介入人事糾紛中。」

「總有您願意幹的活吧！」

「……」

我記不得跟誰爭吵，但他的確是我一位熟朋友，而且我好像告訴他願意去管理公園。

我想著那副面孔是哪一位的，當我還沒有想出來時，已經被一陣腳步驚覺過來，我看見《希望》雜誌的郭先生正銜著菸斗站在我的面前。

「在想甚麼？想得這樣入神。」

「在擬一篇講稿。」
「這裡實在便於思考。」
「這個園子應該好好整頓一下。」
「哪些地方？」
「那一堆違章建築實在太亂了！」
「的確不大好看。」
「雜七雜八的房子蓋得太多了。」
「有甚麼辦法，這年頭人都往城裡跑。」
「應該讓他們遷到別的地方去。」
「恐怕不容易。」
「應該把這個公園擴大到四邊的馬路邊上。」
「那五六個機關的辦公室怎麼辦？」
「正因為他們上班下班弄得太煞風景了。」
「那些房子蓋起來花了不少錢呢！」
「可以改成畫廊和劇場。」

「不一定都適合。」

「可以做各種小型的圖書館和棋社。」

「說起棋社，上禮拜的棋會好像沒看到您。」

「那天午覺睡過頭了，不過棋譜我在報上看到了。」

「不怎麼精彩。」

「黑棋太急了些，白棋也跟著快了起來。」

「快棋有時候也很過癮。」

「只是火候不夠，看起來味道淡些。」

「甚麼時候咱們一塊打打譜？」

「等這次演講過了吧！」

「教了半輩子書，這還不是輕而易舉！」

「這倒不然。現在我是激動的話不願說，想要說的又不能恰到好處。」

「您也未免太小心了。」

「不，不，您不知道。」

然後我們告別，我繼續思考。我必須擬好講稿，但是一系列的畫廊、棋社、黑子、白子向我不停地撲過來。一直到大王椰子的影子移轉了方向，我的工作仍然是一片空白。

這些日子我的思想就是如此地無法成形，我想給我的兒子寫一封長信，但是一天一天拖延下來，直到上禮拜他來信問我是不是近來身體不舒服，我才趕忙寫了一封郵簡寄去。也因為想要集中思想，每天早上這半小時去公園的路程，我都計畫著要好好利用，所以我特地沿著那比較遠的一條馬路走，倒不是因為它們新近鋪了紅磚，實在是因為這條路上車輛比較少。

現在雖然已經穿過了兩條平交道，我仍然擔心著要遲到了。一輛送牛奶的車子穿越過我的面前，車上的人套著繡有 MILK 大字的外衣。我要在他們還沒有散會以前趕到廟門口，這種已經成為習慣的工作，如果一天沒有做，就會像風濕病一樣，叫人一整天感到不自在，甚至有時候跟太太生氣也是為了這些不關緊要的事情。

「你成天就是散步，散步，一直散到墳墓跟前你才不散。」

「就是不散步，遲早還不是要進墳墓。」

多少年的經驗，我已經知道如何應付她。

「你少來這一套，別自以為幽默，你怎麼不去照照鏡子看看你那副一本正經的道學相。」

「哎呀！妳這是怎麼啦！我就是再道學可也道學不上妳頭上吶！」

「算了，算了，連大姨那麼重要的事你都能延誤掉，別的還談它幹甚麼！」

這些年來我最不願意聽到別人談起大姨的事。這一輩子沒有一個人能夠像她那樣關心我，甚至在我四十歲的時候，她還是拿疼愛孩子的慈祥關心我。現在她去世已經八年了，我知道她仍然不會責怪我沒有按時替她辦妥那件事，因為她在世的時候常常笑著怪我：「這孩子總是大便要拉到褲子裡了，才曉得上廁所。」她一定知道一直到今天我還在心裡為她服喪；無論到哪裡我仍然覺得像是跟他們生活在一起。

幾天以前，我夢見大姨一家要趕飛機到國外辦一件迫急的事。起飛的時間是下午兩點鐘。當我帶著表弟和表妹坐在我們經常去的那家冰店裡，大姨已經去機場了。我們喝著冰水，悠閒地聊著天，因為時間還早，我們就海闊天空地談了起來。當我們剛喝下第一口冰水，牆壁上的掛鐘已經一點二十分了。

「這個鐘一定停了！」

每一個人都這樣肯定著，但是半杯冰還沒有吃完，時針已經指向一點五十分了。我們趕快會帳，走出冰店，跑到馬路上去攔車子。平時這裡是熙熙攘攘的，這時候卻一部計程汽車也找不到，再一轉身，整個街道已經一片冷清清了。我們四處張望著，忽然一輛車子開了過來，我們一齊招手，但它卻「嗖」地一聲飛過去，車上的乘客還隔著玻璃回過頭來看我們。接著又是一部開過來，也「嗖」地一聲飛馳過去。於是我們決定一面向機場那個方向跑去，一面回過頭去注意開過來的車子。就在我們奔跑的時候，一架飛機從我們頭上飛過去，它飛得很低，可以讓我們看到機身上的標誌，這正是大姨他們要搭乘的那一架飛機。

「還來得及，飛機剛剛飛到。」

我這樣說著，決定以另一種方式攔阻車子。我脫下外衣站在馬路上，不停地向開過來的車子打著招呼。但是它根本不理會我，冰冷地把我撞倒，從我身上輾過去，等我爬起來的時候，似乎聽得見司機的咒罵。

「還來得及，還來得及，飛機剛到，還要檢查，再加上誤點，還有足夠的時間可以趕到。」

我這樣喃喃著，一直拉著表弟和表妹往前奔跑，當我們已經看到機場的時候，大姨正提著行李走過來。

「飛機早已開走了！」

「……」

「不要再提這件事了，反正已經過去了……」

我聽不見她下面講些甚麼，只感到她的微笑在噬咬著我的心，我感到疼痛，止不住醒了過來。

轉過街去，走到了思美園藝中心的門口，我希望能夠看到C小姐，但是店門還在關著。

自從那次跟她買了半缽子貝殼以後，總是很想再見到她。那種小貝殼平常是很少有人拿來當做貨品的，我看到的時候，還以為那是他們擺在櫃台上的裝飾品。

「這是賣的嗎？」

「是的，一個鄉下人前天才送來的。」

「價錢怎麼算？」

「一塊錢五顆。」

我請她拿了一個小缽子給我，然後仔細地挑選：

「能幫忙挑選一下嗎？」

「不知道您喜歡甚麼樣的？」

「您認為好看就可以。」

「能夠有一些大的就好了！」我把一個尖形的丟進缽子裡。

「您應該找個時間到海邊去撿。」

「哪個海邊？」

「哪裡都可以，您要撿多少就有多少。」

「你們可以多撿些來賣。」

「這可要花時間，而且誰也不會想到，一到城裡甚麼都值錢了。」

「天下事就是這麼難以預料的。」

「一點不假，還有一些人為了栽花，問我們賣不賣泥土呢！」

「去過海邊沒有？」

「我是從小在那裡長大的。」

「常回去？」

「很久沒回去了！」

「路程太遠？」

「也並不怎麼遠，總是分不開身。」

「禮拜天不休息嗎？」

「說要休息，總是客人太多。誰知道一拖就快兩年了。」

忽然她撿了一個圓形的。

「你們那裡管它叫甚麼？」

「海葫蘆，」她說：「有一種白的，吹起來聲音就跟海濤一模一樣。」

很久沒有看到她了，每天早上經過這家店鋪，門還在關著，有一次我看見她，她正跟一位顧客談話，從那以後就再也沒有看到她，也許她已經離開這家店鋪了。

公園區已經挨近了。木板房的小店鋪，一家家都打了開來，有幾家人正蹲在人行道上洗臉，抬著滿嘴牙膏泡沫的臉張望著四周。一個約有五十多歲的男人把洗臉水倒在街上，幾乎濺我一身。有人將遮太陽的帆布撐起來，把一堆一堆的貨物搬到帆布底下。我的香菸已經沒有了，不得不走進小店鋪買了一包，小店貨物的陳年霉味刺激得使我感到有點窒息，趕快打開紙包點上一支菸。當我點火的時候，鳥籠裡面正不停地跳動著。

當我走過一家豆漿店的時候，一個人正從裡面出來。

「莊老，早！」

「早！」

他是一家電台的節目主持人，節目叫做「清晨的漫步」。由於經常可以碰到他，日子一久，大家竟非常熟悉起來。

「今天晚了！」

「起遲了。」

「昨晚輸贏如何？」

「甚麼輸贏？」

「您沒有打牌？」

「我根本不會。」

「其實打打牌倒也是一種消遣。」

「我不喜歡賭錢！」

「這倒不是輸錢贏錢的事，而是日子會覺得好過些。」

他一邊走，一邊從錄音機的袋子裡摸出一個紙包。

「你們幾位的合照已經洗出來，特別請您先過目一下。」

那是幾天前我們幾個提著鳥籠站在廟門口照的。因為是黑白片，加上早晨不太明亮的光線，使得作為背景的門神畫像顯得模糊起來，一陣寒冷，我突然發覺我們幾個都像一個個被釘死在廟門的古老大門板上。

「同事們看了，都說雅得很，因此我們打算拿來當下期刊物的封面。」

「我們這些人還有甚麼新聞價值？」

「哪裡唷！就憑你們幾位這身長衫，提著鳥籠，再配上這古老的建築，說甚麼都有一種文化的意義。」

「您說得太嚴肅了。」

「至少也是一種最舒適的生活方式。」他說：「還希望您能再給我們一篇短短的自我介紹。」

「我們幾個的事您不是都清楚得很嗎？」

「除了這些，希望您再來些別的。」

「沒有甚麼好加的了。」

「譬如說一些啟發性的事。」

「您是知道的，我平生最怕作論文。」

「不是論文，是您對前人的印象和了解。」

「這可是很難說的。」

「隨意講一講好了。」

說起來，這是很乏味的事，我已記不清多少次這樣地像留聲機重複著了：

「吾家源於隴西，自遠祖景德公遷此，及今已六百五十餘年矣。高祖敬齋公嘗為國之監祭酒，長於心性及金石之學，晚年退隱山林，以耕讀自娛，一鄉稱焉。至先大父，雖絕意仕途，然於經世之學，未嘗一日或忘，故吾家自先君以來，為人治事，莫不恪守先人遺訓而兢兢焉。」

這種乏味不僅是對於自己，就是對於別人也是一樣。我曾經有三年的時間擔任導師的職務，第一次上課，我總是呆坐在那裡，看他們一個起來一個坐下地介紹自己：

「張之平，弓長張，之乎者也的之，和平的平，十八歲，江蘇人。」

「李宗道，木子李，祖宗的宗，道德的道；河南人，現年十九歲。」

「吳顯功，口天吳，明顯的顯，功名的功，山東人，十八歲。」

「周法言，周公的周，法律的法，言語的言，二十歲，河北人。」

他們一起一落地循環著，一直到今天，我仍然有一半的學生記不得名字。

走過教堂門口，我推開小木板門，一直走了進去，我一直走到奉獻箱前面，從口袋裡把李牧師交給我的紙包掏出來，丟進那個木板信箱裡。屋子裡有人在唱詩，這是梁教授夫人一群人所組成的晨禱會，在大風琴的伴奏中，我聽見他們蒼老地唱著：

萬古磐石為我開，
容我藏身在主懷！

我怕被他們看到，趕快走出來。當我跨出木門的時候，幾個上學的孩子正仰著腦袋，指著牆壁上的大紅字，一個字，一個字地唸著：

「凡—勞—苦—擔—重—擔—的—人—可—以—到—我—這—裡—來—我—就—使—你—們—得—安—息——」

他們唸完右邊的，又去唸左邊的：

「主—來—的—日—子—近—了—每—一—個—人—都—要—接—受—家—判——」

他剛唸完，另外一個忙糾正說：

「錯了！錯了！這不是家，是審。」

他們叫著跳著走開了，教堂裡正在唱著：

更加與主接近，
更加接近！
縱使在十字架，
高舉我身。
我心依然歌詠，
更加與主接近，
……

一直走到公園進門的地方，仍然聽見他們唱著「更加接近」的尾音。

廟門到了。

在漸漸升上來的太陽光裡，他們幾個像一排灰暗的斷柯，正站在空地上慢條斯理地擺動著。那幾位胖太太也仍然像往常一樣，牽著她們的小洋狗圍在一起。當我經過她們身邊的時候，我聽見她們的談話：

「您以後別再搭那種會了！」

「您想我還會去上當？」

「這個月聽說水泥股的行情看漲！」

「可是棉紗就不樂觀了……」

我還沒聽完她們的談話，劉先生忽然朝我叫了起來：

「我們以為您今個不來了！」

「那怎麼會！」

我把鳥籠跟他們的掛在一起。

「嫂夫人還好吧？」

「吃中藥好像有點起色，只是胃口還不大好。」

「不要急，慢慢來。」

「你們好像又要開會了？」

「還早，下個星期五才開始。」

「老唐家傳兩箱瓷器和字畫聽說要拿出來展覽了，不知道有沒有上品？」

「別的不知道，他藏的字可大部分都是董其昌的。」

「我覺得還是米襄陽的夠味道。」
「跟大蘇的比起來，他還嫌弱了一些。」
我感到有點熱，止不住把外衣的扣子解開來。
「看樣子好像要變天了！」
「不會，氣象台說了，這半個月一直都是好天！」
太陽慢慢地升上來，又照耀著這新的一天。

艾玲達！艾玲達！

夏

「耐都！」
「耐都！」
「耐都！」
「有！」慢條斯理地站起來。
「你知不知道這是在上課？」
「……」
「是不是你想記過！」
「沒──有──」
「那你為甚麼不聽課？你以為你每次考得還不錯！」
「我在聽！」
「你在聽？你在胡思亂想。」
她還沒有說完，一陣笑聲爆發開來。坐在耐都前面的兩個更笑得活神活現，而且回過頭來做著鬼臉。

「笑甚麼？」耐都瞪了他們一眼。
「你管不著！」
「無聊！」
「不准吵！繼續把書翻開。」老師又轉身在黑板上寫著。
「你說甚麼？好，放學的時候見！」

在學校後面的那片荊棘叢旁的空地上，六月的太陽把地曬得發燙。
「耐都！今天可是你挑起火來的。」
「是你先笑人！」
「難道我連笑的自由都沒有？」他指著耐都的鼻子：「你有甚麼地方值得驕傲？」
「我沒有驕傲！只是考試的時候我不願幫人作弊！」
「你還說沒有，你，你……」
「你怎麼推人？」
「推人？我還要揍人。」
「你敢！」

「我揍你怎麼樣，」又推了一把：「難道怕你告你老頭不成？你以為你後媽那副德性別人見了也怕？」

「你給我住嘴！」

「你倒兇得很！」

一拳打過來，正打在耐都鼻梁上，他覺到一陣酸疼，兩隻眼止不住閉了一下，就在這時，又一拳打在他胸口上。

他抱住肚子，站定搖晃的身子，然後朝著對方衝去。

對方沒防著這一著，被撞得差點倒下來。

「他媽的！」他站穩以後又反擊過來，耐都感到有股熱的東西流下來，他用手一抹發覺鼻子已經出血。

耐都有點發火，用力抱住對方。他忽然感到，好幾拳在他肚子上撞擊著，耐都忍受不住，朝著對方的肩上猛地咬了一口。

「哎呀！你咬人！」

站在四周的幾個湧了過來：

「不要打了！不要打了！」

他們一邊說，一邊拉住了耐都的手臂。

「好啊！你他媽的是瘋狗！」

然後一拳一拳輪著打過來。耐都向前衝去，可是沒有辦法掙脫被按著的手臂。

「你們不要拉我，」他掙扎著：「你們這是拉哪門子的架？」

「好了！好了！我們不要管了！」

幾個人用力一推，耐都整個人趴在地上，其餘的人一個接一個地在他身上踢著。

「有種告老師去！」

「以後看你還神不神氣？」

他們用手指著他，他感到太陽炙熱地曬下來，整個人昏了過去。

他醒過來，但是他睜不開眼，他轉動一下身體，周身像火一樣燒著，一股血腥的鹹鹹的味道使他感到口渴，他掙扎不起來，他聞到泥土曬乾的氣息。

「艾玲達！艾玲達！艾玲達！」

突然他聽到一種低嗅，他分不清是甚麼聲音，像水一樣流過他的身上，好像在草叢裡，又好像在樹梢上。

「艾玲達！艾玲達！艾玲達！」

他趕緊爬起來，那種低喚好像就在身邊，但是四周甚麼也沒有，六月的太陽正火辣辣地照在那一堆一堆的垃圾堆上。

「艾玲達！艾玲達！艾玲達！」

這是甚麼聲音，他好像聽過，但是沒有一種是屬於它的，它一忽兒遠，一忽兒近，像一叢網罩住他，用最柔的手指撫摸著他的周身，一瞬時，他有一種被燙平的感覺。

他站起來，舐著嘴裡的鹹味，拍拍身上的雜草和泥土，一步一步捱著土坡走向回家的路。

秋

咖啡館三樓靠窗的座位。

「你要不要去看？」

坐在對面的那個女人正用湯匙攪著杯子。

「看哪一個？」

「蘇思。」

「哪個蘇思？」
「你的記性跑到哪裡去了？你怎麼連那個像小倩的蘇思也忘了？」
「我絕對不要那一型的。」
「你的氣可保藏得真久。」
她把方糖拿出來，在檯子上擺動著：
「那個青年團契的，你有沒有意思？」
「免了！免了！」
「這又是為甚麼？」
「不敢領教！妳想一想，皇后，要是我討了那種老婆，妳還能來我們家當客人？」
「她又不是你想像的那麼小氣。」
「小氣倒不是，但是妳想想看，一定禮拜一是查經會，禮拜二是姊妹會，禮拜三是兄弟會……」
「算了！算了！你可真是還沒有吃到就先挑食了。」
「我看也別儘想這些，皇后，妳還是找點事去闖闖門路，有朝一日妳皇后神氣了，我至少還可以替妳開車子。」

「我可不想自殺。」

「那就趕快找點活幹。」

「你想我能幹甚麼？」

「妳上次說的那種沙龍不是滿好嗎！」

「那得多少錢！」

「為甚麼不開一種特殊風味的，不要甚麼新式設備，連電燈也不要，一進屋就讓人感到回到了自然。」

「這就得找個僻靜的地方，最好獨門獨院。」

「這個城裡一定有這種便宜的房子，最好哪家鬧鬼不敢住，我們就去替他趕鬼。」

「打個電話叫馬仔來！」

「找他幹甚麼？」

「聽說他舅舅有棟靠河邊的房子要出租。」

馬仔來了。

「你舅舅是不是有棟靠河邊的房子？」

「有啊！做甚麼？」
「租出去沒有？」
「好像還沒有。」
「可不可以便宜點？」
「誰要？」
「我！」
「怎麼皇后找到皇帝啦！」
「去你的——我想開一家沙龍，你覺得怎麼樣？」
「好啊！最少我喝酒可以掛帳啦！」
「可以麼！要你舅舅也算一份。」
「他才不肯。」
「你可以一五一十地說給他聽。」
「我不說還好，一說準是完蛋。」
「把雷公找來！」
「是不是問他開書店的事？」

「去你的，那早就是上古史了，他有個大的會，讓他標了參加一份。」

雷公進來的時候，菸灰缸的菸蒂已經冒出頭來了。

「皇后，今天是不是又要大宴群臣？」

「等會請你陽春麵！」

「是不是還要我回請兩個滷蛋？」

「隨便你！問你一句，你的會到期沒有？」

「哪一個會？」

「你還有幾個會？老王那一個標了沒有？」

「妳想我還會等到今天！」

「你當初不是立定決心要做末會的嗎？」

「說是說，做歸做。」

「你標了沒有？」

「我是會頭的忠實好友，他要第一次，我要第二次。」

「你怎麼這樣小兒科？」

「怎麼，妳皇后國庫又空虛啦？」
「給你講也是沒有用了！」
「講講又何妨！」
「我想開家沙龍，現在你只有掃地的份了！」
「我可以去找何槐！」
「找他有個屁用！」
「妳不知道，這小子最近抖起來了。」
「怎麼？」
「他姨媽有一筆遺產給他。」

何槐來的時候，街道上已經暗了。
「何槐，你近來野到哪裡去了？」
「還不是混生活！」
「怎麼，三日不見，你就富人裝窮了！」
「我富了，那真是太陽要打西邊出了。」

「你不是有一筆姨媽的遺產？」
「說歸說，聽歸聽。」
「你姨媽到底有多少財產？」
「誰知道？」
「她不是都留給你了嗎？」
「留給我？她樂起來連月亮也會許給你。」
「怎麼，她還活著！」
「誰說她死了？」
「她的身體有沒有毛病？」
「毛病！醫生只說她吃得太多。」
「說到吃，我肚子可有點餓了！」馬仔說。
「我去叫他們給咱們來點吃的。」雷公說。
時間已經七點多了，侍者已把桌子收拾乾淨。
「這是帳單，」他把一張紙條放在檯子上：「還要不要別的？」
「等會有事叫你！」

侍者下去了。

「一共兩百四十，」皇后說：「我有九十塊，誰有拿出來！」

「這裡四十塊！」馬仔說。

「三十！」雷公搜了半天口袋。

「我也只有三十！」何槐說。

「你呢？耐都！」皇后說。

「我早已一文不名。」

「那怎麼辦呢？還差五十。」

「能不能掛帳。」

「不行，這家的經理最死相了！」皇后說。

「那麼只好再委屈你了，耐都！」

「明天就可以取回來！」馬仔說。

他走下樓梯，手裡拿著那件剛脫下的外套。推開玻璃門，他感到有些涼意，不得不把襯衣的第一個扣子扣上，然後拉高了領子，走進巷口那家當鋪，當他要進去的時候，他看了一下四周有沒有甚麼熟人。

「當東西！」他把夾克遞上去。

「有沒有證件？」

「有！」他把證件遞上去。

「七十！」

「怎麼這麼少？」

「這麼舊的衣服還嫌少！」

「好了。拿去！」

「我明天就要來拿！」

「把這張表填一下。」

「今天拿也要填。」

他填好表，從老板手裡接過幾張破舊的票子，揭開布簾往四處望了望，然後走了出來。天有些冷，雨一絲一絲落下來，從他臉上一直打到脖子裡，他打了一個寒噤，忽然聽到有人叫他，他回過頭，甚麼人也沒有，街燈正被雨水模糊得昏黃起來。

「艾玲達！艾玲達！艾玲達！」

他停下來，聽著那聲音，柔柔的像是從遠處傳來，一瞬時他的淚水流下來，以至於他分不清從臉上流下來的是雨水還是淚水。

於是他加緊腳步，朝來時的路走去。

冬

走出那間結婚禮堂，他打了一陣哆嗦，再沒想到在城市裡，寒流竟然來得這麼早。

他沿著人行道走著，昏沉沉的頭有點清醒起來。再沒想到會喝這麼多酒，在別人的結婚酒席上。

「耐公，我敬你一杯！」老李說。

「我不能喝。」

「這杯一定要喝！」

「為甚麼？」

「我們幾個就你還待在單身宿舍，這一杯喝完了準就可以很快搬出去。」

「怎麼？老李要給我們耐公作媒。」

「你們看那一個穿灰毛衣的怎麼樣？」
「哪一個？」
「新娘旁邊那一桌的。」
「不賴！不賴！」
他偷偷地看了一眼，只看到新娘低著頭的面孔。
「說說看，老李，那是哪一家的小姐？」
「慈音幼稚園的園長。」
「怪不得看起來那麼持重。」
「趕快替耐公介紹！」林浩叫著：「耐都，趕快敬老李一杯。」
「我不能喝！」
「你裝甚麼，不能喝也得喝。」兩個人把他的手抓住。
「好！我隨意，老李請乾。」
「不行！」
「那，我半杯好了！」
「沒有誠意不成。」

「好，我只這一杯，下不為例。」
「好，先乾了再說。」
「不過，這可與作媒無關！」
「不管，你喝了再說。」
他站起來，把一杯酒喝下去。
「再來一杯！」劉先生站起來把酒斟滿。
「我說過下不為例。」
「不行，是你自己說的這一杯與作媒無關。」
「耐公，你再不討老婆，將來我們可要為你募集子女教育基金了。」
「老耐，人過四十，可不能再堅持你那世界小姐的標準了。」
「你簡直開玩笑。」
「拿出勇氣來！」
「你們以為耐公沒有勇氣，想當年耐公追求……」
「好，好，我喝一杯。」
他的杯子剛放下，立刻又有人為它斟滿。

現在，他有點搖搖晃晃，街上的路燈在擺動中閃著光暈。

「這走到哪裡了？」

他往四周望了一下，在沿著河邊的那條馬路上走著，對面小閣樓上有人跟著胡琴低唱著：

我主爺起義在芒碭，
拔劍斬蛇天下揚，
懷王也曾把旨降，
兩路分兵進咸陽，
也是……

忽然聲音停了下來，跟著一個女人的吆喝：

「也沒見過黑天半夜的，老是唱個不停！」

「妳睡妳的麼！」

「要是你不想睡，趕快給我滾到馬路上去。」

他感到口渴，便朝著燈火輝煌的那一帶走去。
這是一條從來沒有來過的街道，霓虹燈在擺動中散發著很好看的顏色。
「來坐麼！」
「進來看看，先生！」
他從來沒有見過這麼動人的女人，紅紅的嘴唇向他伸張著，當她走過來的時候，一股香味使他簡直昏迷過去。
「來坐麼！進來麼！」
那女人比剛才的新娘子還要顯得嬌媚，在她牽動他的衣襟的時候，他發現她的兩個酒渦旋轉得非常動人，披散過來的長髮使他再也不能自持……
他醒過來，口裡乾得難過，黃色的小燈使得整個房間有一種倦怠的意味。身旁的女人竟是那麼一張蒼白的臉，殘餘的口紅像鐵匠鋪吐得滿地的檳榔，一堆褻衣堆在椅子上面，那頭假髮驚嚇得使他趕快爬起來。
他走進盥洗間，在小木櫥裡找到一支捲了毛的牙刷，他剛要刷牙又趕緊丟下，用手指沾著牙膏洗刷著，然後跳進浴池狠命地擦洗著自己的身體。

等他濕著身子從池子出來，他聞了聞掛在牆上的毛巾，然後用自己的汗衫把身子抹乾。

他走出來感到口渴得難過，桌子上有一隻茶壺，他倒了一杯還沒有端到嘴邊，突然一種想要嘔吐的厭煩使他又無力地放回去。

他走過去打開窗子，猛吸了一口清涼的空氣，使他感到舒暢些，突然他聽到：

「艾玲達！艾玲達！艾玲達！」

一切都這麼陌生，只有那種溫柔是屬於他的：

「艾玲達！艾玲達！艾玲達！」

一陣冷風吹來，他打了一個抖嗦，於是關上窗子，回過頭來，那個熟睡的女人正發著男人一般的鼾聲。

他趕緊把一疊鈔票放在桌上，推開門走出去。

春

人生何處不相逢。

「康樂大飯店嗎？」

「康樂大飯店，請問找哪一位？」

「請問有一位孟小倩小姐住不住在你們這裡？」

「孟小倩，請您等一等，我來查一下。」

一分鐘過去。

「請問這位孟小倩小姐是做甚麼的？」

「新從海外回來的，報上說她住在你們這裡。」

「您是不是找一位史夫人？」

「史夫人？昨天下午來的。」

「好，我來替您接一接。」

兩分鐘過後，電話那一頭響了。

「請問找哪一位？」

「請問孟小倩女士在不在？」

「我就是，您是……」

「小倩，我是耐都！」

「耐都，您真是耐都？」

「是的，我就是。」

「您是不是感冒了？怎麼聲音不像。」

「沒有，我還是老樣子。」

「這些年您都好吧？」

「都好，我甚麼時候可以來看妳？」

「今天不行，等會有個應酬，明天下午好吧，四點鐘我就沒有事了，您早點來吧，要是那些客人還沒有走，我會安排侍應生招呼您。」

「我一定來，我一定來。」

「再見！」

「再見！」

對方電話掛上老半天了，他才怔怔地走出電話亭。

「我找史太太！」

「您是耐都先生吧！」

「是的，您這位先生？」

「史太太吩咐的，她的客人還沒有走，您先在她對面那個房間等吧！」

「謝謝！謝謝！」

他們走上樓，侍者引導他走進擺著四隻大花籃房間的對面一間房子。

「您喜歡飲點甚麼？」他打開一個小冰箱。

「隨便！隨便！我坐一會兒就好。」

「可樂好吧？」

「好！好！謝謝。」

侍者把一杯可樂放在他面前的檯子上。

「先生，你還需要甚麼？」

「謝謝！謝謝！」他拘謹地坐著：「您有事請去忙好了。」

「有事請叫我，」侍者說：「我把門給您開了，等會史夫人出來，您就可以看到了。」

「謝謝！謝謝！」

他聽見對面房間的笑聲，大概有七八個人，他屏住氣息想聽他們講些甚麼，但一點也聽不清楚。

對面牆上掛著一張複製的名畫，他走過去，從口袋裡掏出眼鏡，仔細觀賞著。

忽然對面的門打開來，一個男人和一個女人走出來。

「謝謝史夫人的指教！」那個胖胖的女人半彎著腰。

「等生意成了，我還要好好謝謝您。」

「不敢！不敢！」

這是小倩嗎？頭髮梳得高高的，那一身旗袍至少也有兩百顆珠子，所謂雍容華貴大概就是如此吧。

客人走了，他以為小倩會到他這裡來，但是她大概不知道自己來了，轉身又回到房間去了。

他又聽到那群人的笑聲，每一聲都刺著他。

他走近穿衣鏡前面，今天怎麼疏忽了鬍子剃得青一片白一片。他從毛衣中把捲進去的領子拉平了，用口水濕著褲子上的另一道沒有燙平的直線。

對面房間的笑聲愈來愈大了。

那幾籃紅得醉人的玫瑰，不住地向他閃亮。

他喝了一口可樂，走下樓梯。

「您先生需要甚麼？」那個侍者趕緊走過來。

「我出去走走！」

「史夫人的客人馬上就走了！」

「不，我走走就來！」

「是！是！」

他走在街上，安全島上的花正開得非常茂盛，但是他總覺得這春天有點不大對勁，也許是風濕又要發作了，待會得去買副膏藥貼上。然而，一陣酸痛使他不得不停下來用手按摩著。就在彎腰的時候，他聽到一種低喚：

「艾玲達！艾玲達！艾玲達！」

他站起來，甚麼也沒有，一輛車子正從他身旁開過去。對面樓頂上黃昏星已經亮了，就好像那顆星在柔柔地叫喚著，那麼親切，不管在甚麼時候甚麼地方，總是那樣扶持著不讓他倒下去。

「艾玲達！艾玲達！艾玲達！」

他望著那片天空，蹣跚地一步一步向他回家的路走去。

唐倩回台灣

紀念唐文標、吳耀忠並懷念不知流落到何方的孫萬國我們決定在拉斯維爾大飯店晚宴歡迎唐倩。這是她出國以後，二十多年來第一次回來，而對於我們這一批平均年齡差不多都到了知命之年的、當年的「台北慘綠少年」來說，也是難得的一次聚會。拉斯維爾位於一座豪華大廈的頂樓，二十多年前它所在的方圓一百多公尺之內，還只是幾間木造的平房，其中一家老劉水餃鋪就是大家經常小聚的地方。今天這個地方雖然已經面目全非，但感覺上那總還是一個曾經屬於過我們的空間。要論二十多年前的關係，像這次這樣歡迎唐倩的事，要無論如何去辦，也不會輪到我來主持的，而我也自問沒有膽量去介人唐倩的世界。那時台北的青年知識界，論風雲人物，先是詩人于舟，接著便是老莫和羅大頭的天下。當他們走過大學校園，或者穿越新公園走向田園或明星咖啡館時，經常總是圍著五、六個年輕人，當然這其間，萬綠叢中一點紅的必然是那位開朗而又略帶憂鬱的唐倩。我和唐倩，雖然出身於同一座眷村，但是在學校裡幾乎談不上甚麼交往，我對她留下深刻的印象，還是她跟于舟在一起的時候。那一次我跟同一單身宿舍的幾位助教穿過校園到圖書館去，曾經聽過他們一群自稱「繆司」的詩人，坐在草坪上朗誦法國詩人阿波里奈爾（G. Apollinaire）的〈米拉堡橋〉。朗誦當中，由詩人于舟用低沉的聲音逐段朗讀，每一段讀完，接著就由唐倩帶著其他的人，來反覆著那相同的、像似和聲的一段。二十多年過去了，這一首詩到現在還在我的腦子裡保留著又像溫馨、又像惆悵的哀愁。這首詩是這樣子的：——

在米拉堡橋下，塞納河不斷地流
　以及我們的戀也在流逝
這該是夠我回憶的嘍
歡樂呀總是來在憂傷之後
暮色茫茫　鐘聲悠悠
年月逝去　而我停留

讓我們手拉著手臉對著臉吧
　像這樣的佇立
流過我們臂做的橋下
時間之無窮盡的水波是如此的疲乏
暮色茫茫　鐘聲悠悠

年月逝去　而我停留

戀的無常像這流水一樣
　戀是何其短瞬的呀
而生命又是多麼的久長
多麼的強烈啊　這不死的希望

暮色茫茫　鐘聲悠悠
年月逝去　而我停留

日日月月消逝如流
　過去了的光陰和過去了的戀
再也不回頭　再也不回頭
在米拉堡橋下塞納河不斷地流

暮色茫茫　鐘聲悠悠
年月逝去　而我停留

這是我第一次對現代詩產生親切感，而且從那一次過後，一想起這首詩，就讓人不知不覺地又想起唐倩飄逸的長髮。她那時，經常穿一件天藍色的外套，一排像白雲飄浮的牙齒，幾乎成了那一代青年知識界夢幻的標誌。

但是我一直在唐倩身處台北的季節，沒有進入過她的世界。我每天必須趕兩個家教，才能節省下妹妹和我兩個人的生活費用，以我那時拮据的經濟情況，我是一點也不敢去接近那些知識貴族的——雖然就今天來說，當時田園和明星的花費也並不算昂貴——，而且我那蹩腳的英文會話也使我有著怯生生的感覺。七年前，我被科學會送到美國進修兩年，不知是不是緣分，竟然在唐倩家附近租了一幢便宜的房子，那時候，我們都已人到中年，週末的時候懶得到外邊遊蕩，所以便經常聚在一起聊天。而且由聊天中才知道我們兩家的上一代還多多少少有些交誼。唐倩家原也有些產業，但她家那個縣分卻是一個自古兵家必爭的地方，兵荒馬亂就她來說，可以算是童年的整個回憶。

「我媽背著我，」唐倩回憶說：「手裡牽著我哥哥，就這樣擠在一間運煤的火車上南逃，過錢塘江大橋的時候，好多人都掉到河裡沒有了下落……」

「你一定很怕了！」

「成年過這樣的日子，也談不上甚麼怕不怕，」唐倩說：「倒是逃難過了，日子定了下來，才忽然想到很多事。那時候，我進了中學，很用功，讀了一遍又一遍，就是感覺不到那些書本跟我有甚麼關係。於是我就自己找書看，而且沒有多久，我就學著他們的調子寫寫詩、編起故事來了。特別是家裡出了事以後……」

唐倩家原來四口人，加上一個經常往來的舅舅，可以算得上五口。但是逃難到海南島的時候，哥哥發了幾天高燒死了，到了台灣，家裡的日子總是過得不順遂，就在唐倩初二那年，她的父親終於棄家而走了。

「那個時候，這個家就由小舅舅帶領起來，他教我念書，講很多為人處事的道理。人應該自救，要自救就應該大家聯合起來；當他這樣說話的時候，兩隻眼睛顯得特別有光。他那時在一間鄉下小學教書，薪水本來不多，但每次回來，總是給我帶來我所需要的東西。但是，我這位小舅舅，後來不知道甚麼緣故竟送到外島關了起來。」多少年後，唐倩談到這件事還止不住半天說不出話來。

唐倩讀的是外文系，系裡有一位講師一上課就教他們背誦浪漫主義的作品，有時還自已翻譯成中文，發給他們看。但是那種田園的牧歌，中世紀的夢幻，對他們真是太遙遠了。然而，不久她還是與另外一位詩人于舟密切交往起來。而也在這個時候，我的好友莊辛也介入了唐倩的世界，雖然這一段交往除了我和一兩個人以外，是很少外人知道的。

莊辛是歷史系的講師，他喜歡古典音樂和舊俄文學，還千辛萬苦地從牯嶺街的舊書攤上搜集了一大批無政府主義的作品。為了滿足他的需要，他每個星期要騎著那架老爺腳踏車到市外不遠的一個小鎮的私立中學兼課。那個階段，唐倩已經認識了青年哲學家、存在主義大師老莫，而且受到老莫的影響，她開始覺得于舟有點小兒科，而且太 sentiment，因此不久跟于舟結束了那一段「飄浮的愛情」。當老莫和唐倩以大雄無畏的姿態宣布了他們的試婚實驗之時，也是莊辛跟我講話最多的日子。以他那樣的知識基礎，對於老莫所講的那一套他當然是無法同意的。記得那一年中秋，正好碰上大雨，莊辛不願意回家，就留在宿舍裡跟我一起喝悶酒。我們在巷口老張那間鋪子裡切了一大包鴨脖子、鴨翅膀，外帶半隻豬耳朵，然後在公共汽車售票亭買了一大包花生米和兩瓶紅露酒，就坐在宿舍的床上對飲起來。起先我們東拉西扯，後來不知道怎麼樣就談起老莫的存在主義。老莊巴掌往大腿一拍，叫了起來：

「你知道老莫講的存在先於本質是甚麼意思？」

「你說呢？」

「我不知道，但發展下去就是這個，」他抓起一支鴨頭說：「就是這個，這世界啥也不是，當真理被當成謊言，道德用來當遮羞布的時刻，你吃了鴨頭，喝了老酒，你就知道這才是真正的存在先於本質！」

「Nihilism！」

「你說我是一個虛無主義，太抬舉我了。我，包括老莫這一群統統是連虛無主義是甚麼也不知道的虛無鬼，所以他們說卡繆的《異鄉人》是人道主義的作品，有人一問這人道主義在哪裡，他們除了背教條，就再也回答不出來甚麼！」

「連你也答不出來嗎？」

「在那個男主角莫魯蘇身上，我只強烈地感受到一個社會正在一步步走向死亡。行屍走肉的莫魯蘇，行屍走肉的世界。」

「再沒有別的嗎？」

「我感受不到別的，——如果有，恐怕也只有對世界的徹底反叛！」

「Nihilism！」

「Nihilism！老莫他們也講虛無主義，但是他們對生活並不熟悉。他們講海明威，向學生分析那一篇〈一個燈光明亮的地方〉，最重要的結尾他們卻弄得不倫不類！」

「這是我喜歡的一篇作品！到底哪裡講錯了？」

「那個老頭子喃喃自語的一段，你知道，西方人睡覺前總愛背一段〈主禱文〉，那文字是這樣的，」老莊忽地跪在床前，兩臂伸開唸道：「我們在天上的父，願人都遵祢的名為聖，願祢的國降臨，願祢的旨意行在地上如同行在天上，……阿門！」「但是在海明威的那個老頭子口中，這〈主禱文〉卻變成這樣：我們在虛無中的虛無，願人都遵祢的名為虛無，願祢的國虛無，願祢的虛無行在地上如同行於虛無，……虛無！」莊辛的聲音還未落地，立到把酒杯舉將起來，大叫說：「Nihilism！」

我從來沒有見過莊辛這樣豪放過，兩瓶紅露喝完了，他又跑出去買了兩瓶，等只剩下一瓶酒的時候，他問我：

「有毛筆和墨汁嗎？」

「有，還是上次做海報用的！」

「我要壁上題詩。」

然後他袖子一捲，就在宿舍牆壁的右邊一大片空白的地方用狂草寫起唐人張若虛的〈春江花月夜〉來，這首詩太長，中間每休息一次，他就對著瓶口把一口紅露喝下。當他寫完最後兩句的時候，他兩眼充滿光彩地說：

「不知乘月幾人歸，落月搖情滿江樹」，他一面唸著一面說：「我曾經讀過幾篇描寫德國古老大學的散文，我沒有去過撒爾斯堡，也沒有去過海德堡，但我常常夢到那樣的地方。我有一位表叔曾經在福建永安就讀國立音樂專科學校，那地方的山水永遠像籠罩在夢裡，有一年全校師生比賽著寫那個小城『永安溪，慢慢流』……我希望中國有一天不再打仗，每個小城都建起它的藝術宮，每晚演奏完了，大家都躺在草坪上數天上的星——不知乘月幾人歸，落月搖情滿江樹……哈哈，Nihilism！」

這就是莊辛的夢和理想！像他這樣的人，當然是不能沒有女人的，然而不幸的是，他的夢和理想竟又碰上了唐倩。

「你知道甚麼樣的句子寫得最讓人心動？——告訴你，那就是『柔情似水』，周邦彥是詩人中很俗氣的一個，但是就這一句，就可以讓他不朽了。『柔情似水』，你要是見過唐倩，你才知道周邦彥還可以算是天才！」

對別人他是一本正經，但對我，他卻經常要發表他的女人經。從他的談話裡，我深深感覺到他已經把但丁的貝德麗絲、羅曼．羅蘭的安多納德和唐倩融在一起，而就在把她們的形象融合在一起的時候，透過他血絲的眼眶，我看到一層屬於理想主義的淚水像秋夜的繁星在那裡閃光。

當然，以當時知識界的狹小，要接近唐倩並不是很難的。但是，莊辛的理想主義卻讓他在女人面前顯得格外笨拙，尤其夾在老莫那些狂放不羈的人物中間，莊辛的每一根肌肉都顯現得那麼生硬，他只會默默地行動，把從舊書攤搜集來的三〇年代書刊一本一本寄去，然後在信上說上一大番道理。可是，就他拿給我看的兩封信來說，不管我怎樣袒護莊辛，也不能不承認老莊在愛情方面是一點魅力也沒有的。

但是，萬想不到，胖子和唐倩的關係竟然也有結束的一天，這又為莊辛燃起了希望的火燄，當唐倩在一家小醫院拿掉了她和老莫的孩子以後，每天陪著她在校園散心的是莊辛，唐倩無法集中精力去做功課，莊辛就替她搜集資料，寫讀書報告，以至於好幾位不知內情的教授碰在一起時便說唐倩的成績進步了。

然而，具有反叛性格的唐倩沒有多久卻倒向了羅大頭，特別有一次，當羅仲其以他銳利的武器伸向那些冰冷的、偽善的教條，以「我們不受任何先有的道德觀念和成見束縛以至於死」的時候，唐倩一時之間好像又看到一盞引路的明燈。在美國的時候，有一次跟唐倩談起這一段事，她說：「那時候，我的小舅舅來信，說他的案子已經有了最後的判決。他一身罪名，在我看來都是最荒唐的。所以羅仲其的話真讓人感到英雄主義的色彩。」

但是我們的莊辛仍然把這種認識看成是虛無主義：「他們打倒了一切，他們將何以安身立命？到了最後，這邏輯實證論就必然要陷入玄學的遊戲之中，讓人走入頹廢主義的淵藪了！」

這樣，差不多有一段日子，莊辛就成了羅大頭口中的不敢觸及現實的膽小鬼，於是他只好又從青年知識界隱遁起來。這是一個需要向舊有的一切決絕的時代，也是一個從生活的細微末節徹底反叛的時代，而莊辛那種拘謹的性格，卻使他處處顯現得心有餘而力不足。特別上世紀遺留給他的但丁主義的情操，更處處阻礙了他的活動。於是，他只好自己去編織各種夢幻。而對於這樣一個活在自己夢幻裡的大男生，誰忍心去揭破他呢？他那時也有他的辯辭，但是，雖然如此，他的眼神裡卻已流露出一天比一天濃厚的色彩，特別在羅仲其自殺、不久唐倩又嫁給喬治周而去了美國之後，他開始更加孤獨起來，甚至和我也很少講話，我漸漸感覺到，他的神情已不是懷疑，而是一種挫敗和沮喪。當青年知識界咒罵著唐倩，批評她：墮落以至於成為一個「下賤的拜金主義者」、一個「民族意識薄弱」的「洋迷」，並且結論到：唐倩終於「原來也只不過是一個惡俗的女人」罷了的時候，我們一向自傲的莊辛便像被人打了一連串的耳光，而且像吞下自己的血那樣忍受著心靈的陣陣絞痛。

然而，據唐倩後來對我說，事實上她並不像一般人攻擊的那樣，而是她太疲倦了。拿掉了老莫的孩子，又看到羅仲其自殺，同時更糟糕的她的小舅舅從獄中寄來的信，讓她對一切都絕望了，再加上她的母親為了讓她念書而起的兩個會，都被別人倒掉了，在這時候，她真是萬念俱灰。「嫁人吧！」就這樣隨著喬治周嫁到美國去了。

當唐倩嫁到美國以後，我們的理想主義者莊辛，漸漸變成一個低俗的感官主義者，那時候他已到一家出版社任職，在廈門街一條小巷子裡分租了一間小房子，但是，據知識界傳言，一向方正得像傳教士的莊辛，卻經常出入於當時最流行的黃色咖啡館間，而且不久以後關於莊辛的笑話也就從莫胖子那一批人嘴中流傳開來。

「你們知道嗎？」胖子老莫幸災樂禍般地說：「我們這位解放了的聖奧古斯丁，每天出入那些大街小巷在幹甚麼？他在作他人道主義的實驗！」

「呸！」于舟說，他現在跟老莫成了惺惺相惜人物：「道學先生！」

據說是這樣的，老莊在唐倩走了以後，忽然成了一個縱慾主義者，但沒多久，他開始對自己產生極大的憎恨，這種憎恨可以在他一篇題名〈自閹〉的散文中強烈地感受出來。他每天咒罵自己，以至於一度成了舊俄小說家庫普林作品《愛瑪妓院》中的男主人公。在他一本札記中，他曾記載這麼一段記事：

「我問小青，為甚麼要出來做這種事呢？她含著淚水，說起她長年臥病的年老父親，以及她兩個幼弱的弟弟。問起她的故鄉，那竟然是離我老家不到五十里的農村。於是，抱著她，我止不住哭了起來。——從此以後，我再也不敢再在她身上肆虐，我這打頭到腳都髒得不能再髒的生命！」

「然而，我肉體中那些潛伏的情慾，又不時攪動著我的生命。於是我只好又一次陷入痛苦的掙扎之中。很幸運的，我的虛無主義把我提昇起來，Karl Jaspers 說，虛無主義，有時是通往成長之門，真是一點不錯。也因為如此，我懂了老莫他們企圖宣揚的東西——但我是活生生的，他們卻一直在做文字遊戲。」

接著他開始熱心社會工作。「我愈接近現實，愈發覺學院中的一切是那樣蒼白無力。」他的札記這樣說，而沒有多久，就聽說莊辛出了事，被關進新店一處政治犯的監獄。我去他家打探時，他的姊姊一口咬定是一個姓陳的人物把他拖累的，——至於誰是那個姓陳的，我就不大清楚了。

唐倩在台北最活躍的時候，我跟她並不熟，然而因為莊辛的關係，在我心中多多少少對她有所不滿。我總覺得她對莊辛太缺乏誠懇，甚至在戲弄人間。但是到了美國之後，因為跟她做了兩年鄰居，再加上談起來又知道同出身於相同的眷村，所以也真到了無所不聊的地步。那時候，唐倩拖著兩個孩子，生活可以說是過得很緊。這兩個孩子在我認識的時候，已經上了中學，一個是跟一位麻省理工學院的物理學博士生的——這位趙博士目前正在台灣一間大學擔任院長職務；另一個則是和活躍於保釣時的李志中生的。在台北時，李志中原也是老莫和羅大頭同一夥的人，當老莫和羅大頭正在風雲際會之時，李志中已先兩年到了美國。唐倩和他認識原也是意料中的事。

唐倩嫁給喬治周，原是她身心交疲而產生的結果。當唐倩對美國的新鮮感失去以後，她再努力都無法忍受喬治周那種盛氣凌人的姿態，特別當他挖苦唐倩的母親是個窮洗衣婆的時候，實在把唐倩所有的尊嚴都撕光了。在這方面，雖然她後來再嫁的那位趙博士脾氣要好得多，但日子久了，她也無法忍受他的雙重性格。週末的時候，他邀幾位中國朋友來家下棋，聽平劇，一齊罵得美國人一錢不值，但在學校裡卻又拚命巴結美國人；最讓人受不了的是他喜歡寄新聞稿和報導文章回台灣大捧自己，而且聯絡人大都是唐倩的名字。這婚姻本來已埋伏下暗礁，何況，一位剛從台灣出來留學的電影系的女學生一介入他們生活之中，她知道一切再也無法挽回了。

離開了趙博士，唐倩轉到舊金山大學就讀。那時候緊接著歐洲學生的五月風暴和美國國內的人權運動，整個加州地區都像野火一樣燃燒了起來，唐倩那股蟄伏的、不安於定下來的性格，馬上又開始甦醒。當時，李志中他們正從事保釣運動，每天駕著車子一個州一個州到處去串聯，沉靜了五年的唐倩也換上綠色的牛仔裝，跟在李志中他們後面去演講，去編印快報，跟一些不同意見的人作不同層次的論戰。就在這昂揚的季節，唐倩整個人又復活了，她經常把和趙博士生的孩子寄養在一位老同學家，丟開過去那一段富裕的物質生活方式，而甘心情願地跟著李志中他們啃麵包，打地鋪，貪婪地討論中國革命的問題。這段時間是她一生閱讀中文書籍刊物最多的一段日子，也是她活在與中國人最有關係的歷史時期。她回想那已漸漸模糊的老家風光，有一些童年留下來的恐怖印象有時還會勾起她的傷痛，但這些馬上就被李志中熨平了。「一切都會過去的，我們將成為新一代的人！」當李志中擁抱著她，用自己的頭髮拭乾唐倩的淚水的時候，這人生真是好像已經到了門前。而就在這樣的昂揚的季節，唐倩和李志中就在美國加州柏克萊的草坪上舉行了她所說的「真正屬於生命的婚禮」。而過了兩年，他們便生下了孩子。

這婚姻當時是令人羡慕的，甚至連李志中的父親也充滿欣慰地說，他萬想不到自己的孩子能夠就此安定下來。他這樣說是有道理的，因為李志中在台灣的時候，是一位有名的波西米亞性格的年輕人，他曾為一位班上的小女生發狂到自我虐待，有一段時日，為了過他的浪漫生活，還經常把父親的西裝偷出來拿到當鋪去當，受軍訓的時候，每次都因為逾假不歸而被關禁閉。他當過電影場記，和電影明星攪得天翻地覆；他徹夜豪賭，最後父親不得不出面解決；他開過前衛畫展，把《蒙娜麗莎的微笑》改造成半裸體的女人；他會說各種方言，也成天和那些現代詩人比賽反叛的語言；他寫小說，談論哲學，都能很快引人入勝。此外，他又是各類球類的選手，會唱各種民謠。然而，他有一個最大的毛病：甚麼事也維持不了久長。但是，柏克萊的空氣把他換了一個人，他開始讀大部頭的中國通史，死啃中譯本的《資本論》，他開始沉著，也不像以前那樣是一個美食主義者，這就難怪他的一位台灣的老師路過美國以後，逢人便說：「李志中簡直是到了脫胎換骨的地步！」

但是，保釣結束以後，當李志中他們一群回到中國大陸旅行回來不到半年，他的言論漸漸更換成一種「中國人無望論」，理由是：中國人最大的樂趣就是生孩子，生出十億人口，每個人除了吃就是拉，再不就是製造貧窮和混亂，於是甚麼文明都無法提昇這個民族的品質。這時候他已經從西部搬到紐約居住，憑他的聰明，在一家房地產公司找到一份待遇優厚的工作，下班後就專注於他的蘭花和飼養金魚的嗜好上。週末的時候也常到一家新開的中國茶座去找人聊它半天。大學的時候，李志中曾為了陪伴一位中文系的女生而選修了所有的詩詞課程，所以，在茶座上，他那在國外難以聽到的中國舊文人的感傷，便很快形成了華人世界的一種風景；這種風景並且在一位流浪在紐約的女畫家身上得到了回應。

論說，面對唐倩，這位女畫家應該不至於讓李志中心有二用，但是，經過了胖子老莫、羅大頭、喬治周、趙博士等人的生活，經過了保釣的大震盪，再加上兩個孩子的哺育，當年的唐倩卻真的成了反璞歸真的中年婦人，甚至有時不免也有了中年婦人嘮叨的毛病。這樣，她和李志中的分手便成了無法避免的事實。

當我做了唐倩的鄰居以後，我可以根據跟她相處的點點滴滴，感受到她生命中所散發的成熟的氣息，這包括她的坦誠、豁達、嫻淑，當然有時也不免帶有一股倦怠感。她白天在一家大學圖書館上班，有時有了應酬，就託我替她照顧兩個孩子。有時談起她和李志中的婚姻，她好像所受的傷害並不很大，她說：

「這些年來，我一直以為李志中長大了，結果他沒有，他參加保釣，從西部到東部做串聯，事實上都潛伏著他生命裡沒有淨化掉的虛無情結，也因為這樣，他經不住挫敗，沒有掌聲他是活不下去的。」唐倩這樣說著的時候，已經無法讓人感受到她是當年的屬於「柔情似水」的少女，在她拿起針線，戴上早來的老花眼鏡的那一時刻，她好像已經換成另外一個人，她是一位媽媽和姊姊型的角色，而不再是當年穿梭於青年知識界的風雲人物，她還透露一個事實，李志中有一段日子一直慫恿唐倩去從事週末的性派對活動，而遭到了反對。李志中那時經常喜歡說的一句話是：「缺少了佛洛依德，馬克思便必然淪為教條主義！」

唐倩說：「李志中是個頂尖聰明的人物，就是缺乏真實的歷史感，保釣以後的海外那種中國人的士大夫生活，更使他失掉了一切空間感和時間感。也因為這樣，他必須馬上抓住新的東西，以往是革命，現在是蘭花、金魚加股票，中年男人的富裕和安定，又增加了他的對性的渴望。他永遠只看到自己，而見不到自己以外的世界，甚至於他的孩子在內。——這一點，他跟老莫他們在根本上是沒有多大不同的。」

唐倩的沉靜下來，與她的一位年紀和她相差無幾的叔叔有關。這位叔叔在中國大陸被下放了將近二十年，文革結束，獲得平反以後，靠著唐倩的關係，他得以被安排出國進修。我見過這位唐大山先生，人還不到五十，就已經滿臉風霜。第一次見到他，穿著一套大大寬寬的西服，一見就知道是大陸上來的。每次我們見面就聽他講過去的事情。

「中國如果不擺脫它的暴民性格，它就永遠沒有希望。」他斬釘截鐵地說。

「一般人不都說中國是一個愛好和平的民族嗎？」

「那是它的生活不出問題的時候，」唐大山說：「它的生產一出問題，就立刻出現大批的無業遊民，這些遊民階級在中國歷史上占著很重要的位置，他們的原則是有奶就是娘，可以奮不顧身地攻城掠鎮，但他們做甚麼都是暴民性格，中國的革命，不管是哪一派哪一黨，起先都是走著水滸攻打祝家莊的同樣道路。共產黨最徹底，從農村的清算鬥爭到文革的下放，都依然是這個老路子。你們看過《白毛女》、《智取威虎山》、《收租院》嗎？看起來，那裡也有歌舞，也有技巧，但那不是中國人民的聲音，——那裡只有恨，一股窮苦人民的長期沒有排遣掉的怨恨……」

「那麼，甚麼才是中國老百姓的聲音呢？」唐倩說話的時候，總還保留那一分讓人忍不住多看一眼的嫵媚。「是不是詩詞中的那些……」

「還不夠，」唐大山說：「那些大多是士大夫的聲音，真正屬於人民的聲音太少了。」

「你聽過嗎？小叔。」

「我聽過，」唐大山眉宇間有一股喜悅：「當那些人民收割麥子的時候，配合著鐮刀，大夥一起唱一起鬨的時候，當大水災，幾萬人排在河堤上與水戰鬥的時候，當一孩子不小心掉到井裡，全村人都圍上來搶救的時候，這聲音我聽過，特別在我下放的這些年，在牛棚裡，在大夥兒擠在一起的炕鋪上，我聽過這些。讀中學的時候，我喜歡巴哈、韓德爾音樂的大合唱，也嚮往貝多芬第九交響樂對生命的崇高讚歌，我喜歡他們，但總覺得他們距我這麼遠，那是另一世界出來的，但是在下放期間，我才真的懂得了中國人民的聲音，但共產黨的藝術到今天還沒有這些……」

「小叔，」唐倩說：「你就留在美國把他們寫出來吧！」

「不行，不行，」唐大山說：「我得回去，這是我用生命換來的結果，如果我留在這裡，我的生命將要遭到衰亡。」

「如果再翻天你可又有罪受了！」

「我相信不會再有了，」唐大山竟然有他的信心：「將近一百多年的暴民運動，我認為已經在中國人的堅忍、誠樸中融化掉了。落後國家中要想跨向前去這是第一步，法國的羅伯斯比爾死了，希特勒死了，他們的暴民運動早已結束了。中國吃了這麼多苦頭，它也該走上一條新的道路，我已真正地與中國的土地人民建立血肉關係，我非回去不可……」

在唐大山留在美國的日子，我們經常聽他敘說牛棚經：他的一些好友受不了冰天雪地的折磨，又缺乏醫藥，一個個恨恨而死；有一次他被一棵砍伐下來的大樹壓傷了，全村子的人排隊要為他輸血……。當他敘說這些往事的時候，面孔上出現著各種複雜的表情。但他也有令人親切的一面，他會做各種麵食、會種菜、修整家具，有時候開嘴唱他五音不全的鄉下小調。

唐倩在台灣的小舅舅在前些年被假釋出獄了，一直跟著唐倩的母親過。他現在一家廣告公司上班。唐倩的母親曾經在美國住過一段日子，終因為人地不熟，過不慣那邊的生活又回來了。她兩年前突然因為心臟病死去，那時候碰巧唐倩的小兒子正住醫院割除疝氣，所以喪事完全由唐倩的小舅舅辦理。唐倩這一次回來，一來是料理一下母親一些沒有完全清理好的家庭瑣事，二來便是參加她小舅舅的婚禮。

唐倩的小舅舅是四年前回到台北的。他先跟唐倩的母親住在一起，唐倩的母親去世以後，他才搬到郊區來跟我住在相去不遠的公寓裡。他這樣做也許是受唐倩的影響，因為唐倩曾好幾次寫信來，要我照顧她這位小舅舅。這位在唐倩眼中的具有舅舅與哥哥兩種形象的郭大維，雖然是一個勤儉刻苦的人物，但是對自己的日常生活卻馬虎得不知道自己活在怎樣一個世界裡。唐倩的母親在世時，每天都像管教一個小學生那樣，強迫他勤換衣服，每天早晚一定要喝一杯牛奶，她病發住院的時候，還特別叮囑著：

「告訴小倩，無論如何，得替她小舅舅找個對象結婚。」

郭大維雖然在唐倩最活躍的季節在台北缺席，但是，由於他在綠島時跟莊辛關在一起，所以出來以後，他很快就跟台北知識青年的第二代熟悉起來。所謂第二代也者，就是那些跟在老莫、羅大頭，甚至莊辛等左右的那一群小老弟。當老莫隱遁，羅大頭自殺，莊辛入獄以後，這一群漸漸在台灣知識界成長起來。他們並不完全了解老莫、羅大頭他們，即使還有一些能夠在舊紙堆裡找到他們的言論，但並不見得真有甚麼思想上的影響。這年長的一代和年幼的一代如果還有著血肉關係存在，那就是在愈來愈庸俗的現實和把人要窒死的學院中，他們還可以在這些像是兄長的人物身上感受到一股仍然沒有熄滅的理想主義的火焰。

當越戰結束以後，隨著美國學生運動的沉寂，中共四人幫的垮台，一時之間，全世界的青年舞台上頓時沉寂起來。接著便是一個為物質繁榮而忙碌的時代，每天報紙和電視的新聞和廣告上，好像人人都有挖不盡的黃金；房地產、各種名牌的家電、五顏六色的服飾和化粧品報導，使每一個人呼吸和腳步都加快了。也就在這樣的日子裡，學院裡開始了它的新的世紀，接二連三的舞會、郊遊、烤肉、校際聯歡的野營生活、電腦徵友派對，這時候不但莊辛那一套民粹主義的思想已經蓋滿了塵土，就連老莫和羅大頭所宣揚的那一套也漸漸成了過時的陳蹟。「如何推銷自己」、「白手成家」、「成功的奧祕」成為一代顯學。一時之間事事物物外面都罩上了各種色彩的亞克力，甚至藝術作品也到了一個亞克力的時代。

這樣一個新的往前衝的朝代，就愈發使得過去的一切成為遙遠。甚至于舟，都漸漸成了一種古典。這些年來他退隱山林，原以為就此過一輩子，萬沒想到一條新建的高速公路馬上就把他任教的那座小鎮改換了面貌。於是他只好以年過半百的年齡，又回到這個讓他感到陌生而迷惘的台北。好幾家畫廊還記得他，請他主持週末的「星光小聚」。為了唐倩的回來，那天我到畫廊找他，人很多，大都是少男少女，而好像女孩子又占了多數。我怎麼也擠不進去，只好站在後面聽他朗誦詩歌。燈光很暗，我看不到隔了將近二十年的于舟變成什麼樣子，但我聽出他的聲音中有一股蒼涼。他戴著一頂草帽，身邊的桌几上點著幾支白色的蠟燭，一個披著長髮的少女，抱著一支吉他，她沒有彈，只偶爾撥動著一根弦。我不清楚于舟唸些甚麼，隱約之間，只聽到：

如花，如月，

如水，如禪。

然後，他開講了，他說：

「多少年來有人攻擊『為藝術而藝術』，說它忘掉了人生，我看也不盡然。你們看哪一個時代藝術不被人當作玩物；藝術是一位純潔的女神，但她像女人一樣可憐。今天是消費的社會，藝術只能擺在大街上賣，她像那些少女一樣，打扮得漂亮，到後來還是去賣。誰能不拿著藝術去做官，去賺錢，去招搖撞騙，誰才能被稱為藝術家。」然後我看到他摘下帽子，拿在手上搧風，在微弱的燈光下，他的頭頂已有好長一道地方禿了起來。

我沒有能夠跟于舟交談。他的天地我擠不進去。這個世界很小，但大家都忙碌得像雙線火車，即使偶爾交會一下，又馬上要各自去趕路程。

各自忙著去趕路，甚至連甚麼叫做虛無也都已經忘卻了，雖然如此，在每個人的生命裡卻是甚麼也轉動不了，每天都好像吃得不多，堆得太多，到後來便消化不良，而想大喊一陣；然而，四周壓得人透不過氣的一道一道的建築，每天都是那麼一層一層推移不動的汙染的天空，卻使人想喊叫也只好把聲音吞到肚子裡。

就在這樣的日子，郭大維回到了台北。在他的天地裡，不久就經常有了三三兩兩的青年知識界的小聚會。他講述莊辛那一批人獄中的生活。

「雖然我們不在同一個房間，」郭大維說：「但是，我們還可以互通消息。」

「是用敲牆的辦法嗎？」一個研究藝術史的簡紹良問。顯然地他是受到舊俄老革命黨的影響。

「不是敲牆，而是另想辦法。」郭大維說。於是他使一個一個一個地敘述他們的方法。

「有時候，一位朋友走了，」他低沉地說：「大家便停止吃飯，一直到夜深了，那些飯具還擺在暗弱的燈光下，靜得聽不到一絲聲音，大家一個個挨著牆坐著，一直到夜深了，還沒有一個人發出聲音，——我們要用這種悲悼去送一個朋友的遠行……」

當郭大維這樣埋頭在回憶裡，整個房間也隨之失去了聲音，在無聲中只有桌上的茶杯拖長了它們的身影。隔了一陣，才會聽到有人哭泣起來。

兩年前李志中重來台北，和郭大維曾經有過嚴重的爭吵，爭吵的原因一方面是為他和唐倩生的孩子的歸屬問題，另一方面也為了他和郭大維對一些問題的看法有意見。為了唐倩和孩子，郭大維是絕對不讓步的，結果當然也就沒有甚麼結果。於是，他就把問題轉到另一方面去爭吵：

「老郭！」李志中說：「甚麼時候你才能改掉你們左派的毛病？」

「你說甚麼左派？」郭大維霍地站了起來。

「共產黨！」李志中斬釘截鐵地說。

「你給我收回去！」郭大維眼都紅了：「你以為我是為共產黨關監牢。告訴你，我見過共產黨，我的家就是土八路鬥垮的，我見過共產黨怎麼樣去整人，我家裡的人也有人當過共產黨的幹部，但是我們都不是共產黨，只要這世界還有甚麼不公平，我就要反抗，我不會像你，把自己的理想只寄託在一個政治團體上，等這個團體敗壞了，自己就整個生命垮了下來。而且，我有自知之明：我不是幹革命的料，我的目標只是要過一個正常的生活。

等我定下來，我會結婚，扶養我的孩子……」

郭大維真的要結婚了，對象是一位醫院的護士，她是郭大維住院割除十二指腸時認識的，年齡比郭大維小上將近十五歲。

那天雖然沒有跟于舟談上話，但後來還是聯絡上了。而且在他那裡得到了老莫的消息。于舟說：這些年老莫皈依了佛教，住在中部一座廟裡。碰到于舟，他雖然深沉，但是仍然掩飾不住那一分興奮。

「小于，」老莫說，他現在已經稱不上是胖子了。「這麼多年，我靜靜反省，才知道自己也是一個真正的患了病的人，我猜疑、自大、要別人替自己鼓掌、一點挫折也承受不住。一有挫折就要找別的東西來填補自己的空虛，我們所受的教育，一直沒有給我們一條路……」

於是他送給于舟一部《藥師琉璃經》。

「這樣說來他也像很多人一樣陷入咒語的世界了……」

「不，他不唸咒，」于舟說：「他也不掛甚麼器物，他說：人若是不能自己提昇自己，甚麼器物都必然成為自我欺騙……」

然而，據說，在那座廟所舉辦的夏令讀書會裡，他勸大家唸《布施經》，他說：

「每次讀中國歷史，就叫人無法安睡。譬如在東漢那樣的時代，誰讀了王粲〈七哀詩〉一類作品如果還像讀故事而能無動於衷，我就會佩服他的修養：滿地死人，母親死了，嬰兒仍然在媽媽懷裡吃奶……。一個人此心若還不死，對這景象如何能不動心？所以，由慈而悲，由悲必發大願——就這樣我才漸漸知道在《高僧傳》裡為何把『捨身』的高僧放在眾僧中最高的地位，也因為如此，也才懂得在敦煌壁畫中，為何那些人一面割肉餵虎，一面在痛苦中流露喜悅……」

但是，據于舟說，老莫因為正在做他每年一次的閉關生活，歡迎唐倩的事，他是無法參加了。

在拉斯維爾大飯店，我們舉行的歡迎會採取的是自助餐方式，我們決定請當年最會主持會議的葉永明主持。為了講話方便，我們特別請飯店把桌子聯起來，排成U字形。時間本來講好六點半，但不到六點，很多人就已經到了。這樣也好，因為這正好可以先把大家個別的交談提前辦理。唐倩到了，她還沒有上樓，很多人都站在樓梯口直往下望。唐倩一向是很灑脫的，今天卻也有一大段時間顯得緊張。好在很多人今天帶了孩子來，他們跑跑跳跳，調劑了不少空氣。

七點鐘，葉永明說話了：

「老朋友們，」他忽然有點不自然了：「今天我們很高興在這裡歡迎唐倩。唐倩走了二十多年，大家也好像斷了線，不只是唐倩跟我們斷了線，我們在台灣的也彼此斷了線。」他摸摸額頭說：「這些年我們也偶然見面，不是在公保的門診中心，就是在高中或者聯考的考場上，……哎！我們該從哪裡說起呢？」他沉默一會說：「還是先請我們的路恆之，路大哥說幾句話吧！」

路恆之慢吞吞地站起來：

「永明，不要太感傷了，」他說：「要不是永明提起，我簡直忘了時間已經過了二十多年。永明說，這些年我們經常見面的地方不是公保門診中心，就是聯考的考場，這真是一點不假。這些年，我平均半個月就到公保報到一次。後來發現不是去看病，而是去會老朋友。就我個人來說，我膽子很小，一有病就緊張，只有碰到老朋友，彼此罵幾句，病就好了一半。」他望了望唐倩，繼續說：「小倩，在台北的時候，每次我喝醉酒，總是妳送我回去，這些年我早已不喝酒了，上個月我的女兒生了兒子，我已經升格當了爺爺，但是今天我覺得自己還沒有老……」

他坐下了。哲學系的章祖泉自動站起來：

「唐倩，」他拉拉領帶說：「不知道妳還認識……」

「當然，當然，」唐倩立即回答。

「我想唐倩不會認不得我，當年我們考孫老師的試，就是在天衣無縫的合作下過關的……」

葉永明說：「小心，畢業證書會追繳回來的。」

「沒有關係，」章祖泉說：「我們的孫老夫子早就知道，不過他不點破而已。」然後他忽然低沉下來：「孫老師病臥在醫院裡已經兩年多了，我希望唐倩能夠去看看他！」

「我一回來就去過，」唐倩說：「可巧他睡著了，等會我還會去。」

「今天我們在這裡歡迎唐倩，」章祖泉繼續說：「地點是我建議的。唐倩，這地方雖然完全變了，但這畢竟曾經是屬於我們的天地。在這個地方我們胡鬧過，我們……」

「好了！好了！」葉永明說：「現在陳汾陽能不能講幾句話。」

陳汾陽前幾年得了癌症，總算控制下來，他站起來說：

「我的情況大家都知道一些，」他喝一口水說：「我老婆今天要我不要來，我說不行，我就是一個不認輸的人，只要感到不舒服，我就去慢跑，我現在有四個孩子，我不能認輸。這些年我把菸戒了，也不喝酒，但是今天唐倩回來了，我要喝一小口，我們那一段日子誰怕過誰？」

他舉起了杯子，唐倩馬上乾了一口，酒還沒有吞下，她的淚水已經掉了下來。

葉永明趕緊提議說：「今天有的是時間，我們先請唐倩講幾句話；等會吃了飯，再一個一個敘敘舊情……」

大家都拍起手來。唐倩站起來說：

「老朋友，」還沒接下去，她就哽咽著說不下去，大約過了有五、六分鐘，她才繼續說：「真是沒有用，人都這麼老了，還控制不住自己。今天我真高興又跟大家見面，雖然有的前幾天已經見過面。二十多年沒跟大家見面了，但是我一直不覺得跟大家分離過，這些年，在國外，零零落落地也知道一些大家的事，但這次聚在一起又使我回到二十多年前。那時候，我們都還幼稚；我們亂闖亂撞，想著要找一份屬於自己的事去幹，那時候我們也經常對罵，給對方難堪，但是我們從來沒有甚麼幫派，也沒有誰是老大誰是權威，我們常常試著各種可以做的事，但從來沒有哪一個人為自己的利益打算過，我們任過性，也曾經在不經意中傷過別人的心……」

她又哭泣了起來：「但是我們從來沒有墮落過。」她從皮包裡撕出一張面紙輕拭著：「所以，這些年我沒有一天忘掉我們在一起的日子。這些天我接觸過很多人，有的是我們的老朋友，有的是別的行業的人，雖然大家都差不多已經是五十左右的人，日子過得真快，生活也是很辛苦的事，但是我看出我們這些老友們還在掙扎，這叫我很感動。前天我遇到一個商場上的人，他託我無論如何在大陸找到他的母親，他的目的只是為了要取得他的生辰八字，我也見過……」

停一停，她又說：

「不管在甚麼時候，也不管在甚麼地方，我總覺得跟大家在一起的日子是那樣真實。我母親死的時候，我沒能趕回來，但是我告訴小舅舅一定要把她老人家的骨灰同老夏的擺在同一座廟裡！」

「夏大俠！」葉永明說。

「就是老夏，」唐倩說：「大家都知道，老夏在世時是一個很煩人的人，說起話來沒大沒小，但他堅持要回台灣，他在美國有很好的工作，但他一定要回來。他在世時，我們都煩他。但是，他走了，日子愈久，也令人愈懷念他。他在世時我們甚麼都可以跟他說，就連想墮落的事，丟人的事，都可以跟他去講，他是一個沒大沒小的人，但他從來沒有笑過人。每次他從台灣回美國，就會打電話講你們的事，包括你們鬧的笑話。他在世時很會照顧人，我想他一定很會照顧我的母親……」

說著，說著，她止不住哭了起來。

她說不下去了。還是葉永明想出好主意：

「小皮蛋，」他叫了一聲曾健民的兒子：「你爸爸會寫小說，你應該說幾句……」

這孩子大約十四歲，一點也不怕人。他說：

「本來今天我爸爸不要我來，他說我是小孩子！」

「封建！」章祖泉叫起來。

「其實我已經很大了，我爸爸偏偏還說我是小孩子。我說我不管怎樣說都要來看唐倩阿姨，因為我爸爸經常稱讚唐阿姨漂亮，有時候惹得我媽媽吃醋生氣！……」

「阿姨現在已經是老太婆了，你媽不會生氣了！」唐倩笑了起來。

「家醜不可外揚！」曾健民笑著說。

「我很喜歡爸爸的朋友，」小皮蛋說：「譬如陳叔叔就經常在大眾面前喜歡講我爸爸的糗事，但我一點不覺得難堪，倒反覺得爸爸很真實。我爸爸說我小的時候經常被擺在明星咖啡館的桌子上睡覺，上個月我去明星，那個阿姨還特別端出一大盤蛋糕請我吃。唐倩阿姨，我好羨慕你們。我跟我爸爸說，你們雖然老了，我們一點也沒有這種感覺，希望你們不要有甚麼妥協，不要向一些人低頭，不要碰到該辦的事，用『不好意思』的藉口推辭掉……」

大家鼓起掌來。葉永明說：

「大家先拿菜吧！等會涼了不好吃……」

大家開始去取菜，一個侍者走向葉永明。

等大家坐定，老葉很正經地向大家說：

「我剛剛接到電話，轉告大家一個好消息：莊辛已經得到假釋，下星期他就可以回來了！」

一時大家站起來，紛紛把杯子舉起。

「還有，」老葉繼續說：「剛剛得到新聞：行政當局已正式公布，下個月，海峽兩岸就可以互相訪問了。」

「有這麼值得興奮嗎？」不曉得是誰冒出了這麼一句話。

「當然，這是偉大的時刻！」曾健民說：「這些年來，我們活在這個小天地裡，甚麼也聽不到，甚麼也看不到，於是我們就在小天地裡自我陶醉，把這小天地自我陶醉成大觀園，自我感傷。也作詩，也喝酒，也講各種生活情調，但是事實上都是在麻痺自己。天地太小了，一點名，一點利，一點小事件就自以為了不起，也因為這樣，便經常小心眼，不是你嫉妒我，就是我怨恨你，曹雪芹寫大觀園嘛，甚麼林黛玉、賈寶玉，事實上都是清朝那個悶局中的小知識分子！」

「這下，夢醒了，一切將有新的開始！」陳汾陽說！

「正是如此，」曾健民愈來愈興奮：「就因為活在悶局中，所以我們的哲學只有註釋哲學，我們的歷史學變成骨董，我們的文學變成個人的感傷和自閹，最糟糕的，我們還製造理論替自己臉上貼金……」

「乾杯！任何人不能推辭，包括小皮蛋！」路恆之忽然站起來。

話還沒有落地，大家都吼了起來。

「吃罷！吃罷！」章祖泉對唐倩說：「等會我們要去告訴孫老師，這下他的病就會很快好了！」

「不要太興奮了！悶局的大門打開了，也許更多想不到的醜陋，也要一一展開了。也許一次大的失望會把我們擊倒。」路恆之一面感慨著，一面對唐倩說：

「小倩，我忽然想念一首我們那個歲月的詩，但是我的嗓子不行……」

「是不是『我達達的馬蹄，我不是歸人，我是過客』？」于舟說。

「別開玩笑，那是我小女兒念的東西。」

「那到底是哪一首呢？」

「是這麼一首，」他蒼老的聲音還是止不住唸了起來：

倘若每一思念，每一渴望
每一充盈苦痛的心跳都是存在
那麼，多少次短暫而永恆的經驗
我已活過
多少次的死亡，多少次的重生

你是遠赴天邊的西風
我是那鷹追趕希望
你是智慧
我是以有涯逐無涯的凡人
擲滿懷信仰的一生於真理的等待

一九七〇年初版《到梵林墩去的人》封底作者小照

◆創作發表年分

篇名	發表刊物
母親（筆名丘文）	初刊《筆匯月刊》革新號第一卷第十一期（一九六〇年三月二十八日）
內陸河（筆名秦禺）	初刊《筆匯月刊》革新號第二卷第三期（一九六〇年十月一日）
匍匐之秋（筆名釋迦）	初刊《筆匯月刊》革新號第二卷第九期（一九六一年七月十五日）
變調的玫瑰（筆名釋迦）	初刊《筆匯月刊》革新號第二卷第十期（一九六一年九月一日）
微雨	未見刊登
大山	初刊《文學季刊》第一期（一九六六年十月十日）
到梵林墩去的人	初刊《文學季刊》第二期（一九六七年一月十日）
大白牙	刪修自《文學季刊》第四期刊載的〈大白牙與蒼鷹〉（一九六七年七月十日）
被殺者	初刊《文學季刊》第五期（一九六七年十一月十日）
5點27分	初刊《文學季刊》第六期（一九六八年二月十五日）
又一個晴朗的日子	收入小說集《到梵林墩去的人》（一九七〇年十二月二十日）已出版後；見刊於《文學双月刊》第一期（一九七一年一月十五日）
艾玲達！艾玲達！	未見刊登
唐倩回台灣	初刊《聯合文學》雜誌第四卷第二期（一九八七年十二月號）

《到梵林墩去的人》一九七三年大林文庫再版書影

附

談《到梵林墩去的人》：尉天驄現代主義小說之評論

廖任彰

一九七〇年十二月二十日，大林文庫替尉天驄出版了第一本，也是唯一一本被視為現代主義小說集的《到梵林墩去的人》。這本集子總共收錄了八篇中短篇小說，約是六〇年代中期到七〇年代初期的創作，大部分初刊在《文學季刊》上，兩篇未見刊登，一篇登載在《文學双月刊》。尉天驄的現代主義小說創作或許並不僅這八篇，然而，既然擇選納編，意指集子內諸篇較其餘未集選者更具探索價值，儼然可視之為大成所集，從尉天驄對這本小說集懷抱的自信可見一斑，他在〈後記〉裡說到：

> 如果還有甚麼要說的，就讓那些作品自己去說吧！如果它們自己不能達成應有的表現，即使借助再有力量的理論作為解說，也是徒然。

因此他願意冒著被誤讀的風險，將想像留予讀者[1]，代表他對《到梵林墩去的人》的藝術高度之自我肯定。這本集子內的作品不但樹起尉天驄現代主義小說書寫的新里程碑，也讓尉天驄在現代主義文學運動的版圖拓展更趨完整。

(一)微雨

提起這本集子的開卷首篇——〈微雨〉，尉天驄是這麼說的：

那時候，我有幾篇東西甚至連映真的弟弟也分不清楚是誰的。所以在我的小說集《到梵林墩去的人》出版時，我特地選了篇有陳映真味的〈微雨〉放在卷首，以紀念我們的友誼。[2]

1 尉天驄：「甚至在〈大白牙〉的後面，我也違背了一些人的美意，捨棄增加『柳宗元曾作有黔之驢』的說明，我覺得，那樣做，對於一篇作品的想像也許是有所損害的。」見《到梵林墩去的人．後記》，台北市：大林書局，一九七〇年十二月，頁一七三。

2 尉天驄：〈談陳映真〉，參考《眾神》，台北市：遠行出版社，一九七六年三月，頁一二〇。

尉天驄在「筆匯」時代（1959～1961）的習作曾受到陳映真的影響，經分析，刊登在《筆匯月刊革新號》第二卷第三期上的〈內陸河〉就已經染有陳映真的調性，因此，推估〈微雨〉的創作時間應該早於該書其他諸篇，極可能成篇於《筆匯月刊革新號》後期或停刊前後。所謂「陳映真味」指的是陳映真早期小說的那種憂悒、感傷、蒼白、苦悶，從投身「筆匯」陣營到一九六八年鋃鐺入獄為止，這種陳映真味使得陳映真早期的十八篇小說中就有十六篇選擇「死去」，「未死」的兩篇也找不到出口，響著死亡的前奏，這段期間陳映真之死採循著「理想→虛無→絕望→死（自殺）」[3]的模式，〈我的弟弟康雄〉便是循此在雪白的襯衫染渲嘔吐的血，乍讀這篇〈微雨〉就好像讀到尉天驄式的康雄。

〈我的弟弟康雄〉以姊姊的獨白口吻對傷悼弟弟康雄的死去，更透過閱讀弟弟的日記中了解弟弟生前不為人知的過往，自責之心便油然而生。尉天驄的〈微雨〉改採兄長獨白，細說弟弟從意氣風發到從摩天大樓高空毀滅自己的過程。弟弟也曾經有過羅賓漢式的夢，昂然地發誓在天空寫下自己的名字，卻因為父親被囚服監，讓咒罵與譏笑扯爛了「世界上，沒有比父親更偉大的了！」

3 岡崎郁子著，葉笛譯：〈陳映真——對中國革命懷抱希望的政治作家〉，參考《台灣文學——異端的系譜》，台北市：前衛出版社，一九九六年九月，頁一八九。

的驕傲，自卑的心態逐漸醞釀出遁世的念頭，以菸灰籠罩自己，讓酒物醉溺自己，拒絕愛人也隔絕被愛，最後以死亡結束這家族的榮耀對他的嘲弄。這種寫法與陳映真的死亡模式如出一轍。就連處理敘事者對死者遺物的調性都那麼雷同：陳映真描寫姊姊目睹康雄日記的字跡時「立刻就看見這細瘦而蒼白的少年，對坐在我的案前，疲倦地笑著，無名的悲哀便頓時掩蓋了我。」而尉天驄則是如此描述哥哥看到弟弟的相簿：「無意之間翻到了弟弟的一些遺物……然而一往過去回想，就會看到弟弟滿身血斑，向我嘲笑著說：『我們已經是沒有資格去回憶的人。』」康雄死時何嘗不是血跡斑斑？康雄的鬼魅何嘗不是嘲笑沒有資格回憶的姊姊和自己呢？

雖然尉天驄的〈微雨〉看得見陳映真〈我的弟弟康雄〉的調性，但兩篇小說的書寫重點是大相逕庭的，康雄死於社會理想的幻滅，「我」的弟弟則死於家族榮耀的崩解；前者寓言台灣社會的窒息處境，後者則沒有明顯的時空侷限，題材的處理全面聚焦在倫理傾斜，若以佛洛伊德的精神分析學來詮釋，〈微雨〉具有濃厚的反「伊底帕斯情結」，父親是孕育「我」的弟弟「超我」形成的根源，一旦根源崩解，焦慮隨之湧現，無法再透過「自我」所代表的理性與審慎來抑制「原我」的衝動，導致一連串瘋狂的行徑，包括死亡，在小說末部此起彼落。可以大膽地辯稱，尉天驄這篇小說的構思不單單受到陳映真的影響，〈微雨〉成篇的基因應該還包括當時方興未艾的存在主義，特別是卡夫卡的影響。

對於存在主義，尉天驄絕對不陌生，六〇年代的存在主義風潮，可以稱得上是年輕人的文化映現[4]，《筆滙月刊革新號》第一卷第二期的「書刊介紹」欄就曾經介紹卡繆的《異鄉人》，這時，尉天驄尚未認識文學的陳映真；而在第二卷第一期到第三期，雜誌的另一位主編許國衡也譯出卡繆的長篇小說《黑死病》進行連載。尉天驄說：

那時間，由於正碰上自己情感生活處於低潮，於是受到薩洛揚、卡夫卡，以及荒謬劇場的影響，便在自己塑造的文字世界裡自我陶醉起來。[5]

除了薩洛揚與存在主義無干之外，卡夫卡被尊稱為「存在主義的先驅」，荒謬劇場的哲學基礎也根植於存在主義，不難看出當時尉天驄與存在主義及卡夫卡的關係。

這個階段陳映真的小說也不乏反「伊底帕斯情結」的主角，例如：〈祖父和傘〉的「我」，父親早死，與祖父相依為命，主人公憎恨母親，祖父可代表父愛的延續，傘象徵濃烈愛戀祖父的

4 蔡源煌：〈存在主義的文學與自我追求〉，收錄於《從浪漫主義到後現代主義》，台北市：雅典出版社，一九九〇年七月，頁九七。
5 尉天驄：〈我的文學生涯（中）〉，《中國論壇》半月刊第十七卷第六期（一九八三年十二月二十五日），頁六七。

魅影作祟下所撐張的鄉愁，形成一種「戀父殺母」的情結。不過，以戀父而輕生為書寫題材者，在陳映真早期的小說中始終杳然。〈微雨〉的這類書寫題材反而是卡夫卡勾繪小說時慣有的心理投射，由於父親的專制跋扈，既愛慕又恐懼的心理讓父子關係慘澹，〈判決〉、〈變形記〉父權肆虐的種種都是卡夫卡心理生活的真實反映。〈判決〉中的葛奧格．本德曼原本為魚雁給在俄國的友人，告訴他自己即將結婚的消息，卻因父親質疑友人存在而起了口角，當深愛父親的葛奧格發現父親內衣的汙漬，自責於疏忽照料時，父親卻仍不斷地扭曲著他，最後甚至盛怒地判決葛奧格跳河自盡，他竟然屈從了父權意志，鬆手落水；〈變形記〉裡的格里高爾．薩姆沙是個旅行推銷員，為了清償父母的債務、培養妹妹學習音樂，以及更舒適的居家環境，他勤奮地忍受著苛刻的工作條件，某日清曉醒來，發現自己成為巨大的甲蟲，雖然沒有喪失人類的意識與情感，卻自此無法與人類溝通，之前，他是何等盡心地替這個家庭付出，此後牠所面臨的挑戰竟是家庭成員對牠與日俱增的疏離感，最終生命結束於親生父親手中擲擊甲殼的那顆蘋果。不論是葛奧格，或是格里高爾，他們生前都是反「伊底帕斯情結」的，他們的死都是倒置伊底帕斯的結果：兒子反而為父親犧牲，象徵的都是卡夫卡敬父愛父卻又無利扭轉父權操縱的困窘。

〈微雨〉選擇了一個不受時空侷限的題材，卻又不是現代社會普羅大眾常見的經驗（顯赫的家世、社經地位崇高的父親等），情節上，死的安排與葛奧格一樣不合邏輯，父親的種種言行並沒有置兒子於死地的必然性，但也相對反襯出戀父病態。卡夫卡的小說是自傳性的心理寓言，尉天驄幼年失怙，這樣的情節何來反映心理的源頭？沒有經驗卻能反映心理活動，因而賦予〈微雨〉的原創作動機諸多想像的可能。這篇陳映真味的小說，所仿的是其虛無氣息，但若說到題材的擇選，汲養於卡夫卡的可能性更高。

(二) 大山

〈大山〉，《文學季刊》中尉天驄的第一篇創作，據尉天驄表示，這是他小說擺脫陳映真味的處女作，他在〈談陳映真〉一文寫到：

記得文學季刊創刊之時，我寫了一篇〈大山〉，他看過以後高興得不得了。他叫著說：「驢子（許國衡給尉天驄取的綽號）！你終於把陳映真的一泡尿給拉掉了。」

這篇小說同樣具有濃厚的現代主義小說氣息，依稀看得見存在主義的影子。〈大山〉像一齣四幕劇，總共區分為「雨」、「微笑」、「雲」、「啊！曠野」四段，故事情節與題目或段落標題關係甚遠，象徵成分居多。

這篇小說緣起於尉天驄大三時參加成功嶺大專集訓，某個假日因為禁假，他和同袍們望著遠處的大山，產生諸多浪漫的想像，「大山」這個題目於焉誕生。不過，這作品卻一直在概念上打轉，直到尉天驄入伍服役因骨刺手術住進軍醫院，同院老兵的故事令他備感興趣，〈大山〉才脫離構思，成為具體創作。[6]

小說中的主場景因前述的機緣選擇在某醫院的病房內，觸目醫院多半殘疾傷亡，不間斷地上演生老病死，自然瀰漫著晦闇悲觀的氛圍；而長期住院者每日重複注射、吃藥、測量溫度等機械式動作，漸漸地便醞釀出既無奈又無措的空虛感；尉天驄刻意營造這個交錯晦闇、悲觀與空虛的空間以象徵著現實環境的困蹇。

由於故事情節是在病房中發展，小說裡的主要人物在現實當下都有相當程度的身體傷殘：羅老和康先生都是右臂摔斷，兩腳患有嚴重風濕；孩子貝貝得了脊椎盤突出；邱先生的雙腿動了手術上了石膏；李主任左腿痛了一個多月，發燒不能動，最後截肢；壯大體型的三十歲青年則患有精神紊亂而摔破腿。巧的是，這些病患中沒有一位不是不良於行，個個與腿疾或直接或間接地相

6 二〇〇九年一月十八日，筆者造訪尉宅的談話內容。

關，顯見尉天驄刻意安排。這群角色的象徵意義再明顯不過了，身體傷殘象徵著現實人生挫敗；腿疾則象徵現實人生顛簸困頓，尉天驄說：「那個時代的人沒幾個是健康的。」[7]

從困蹇的現實環境帶出挫折顛簸的現實人生，尉天驄賦予這群病患擁有屬於自己的故事和象徵。羅老和康先生帶有濃郁的鄉愁，歸屬感是他們迫切的渴求，卻也是極度失落的由來，可以說是象徵著追索自我認識；貝貝是個孤兒，期盼回到孤兒院，與羅、康二人的情感傾向是一致的，但他卻是病房中唯一願望強烈的人，總希望自己長大後能出國比賽籃球，纏問白醫生的也是繞著能否重回球場而童言童語，象徵希望。至於邱先生，從一段戰地的往事來看，碉堡裡原有的同仇敵愾只因遲遲未能交戰而逐漸磨耗殆盡，使得現實的真實必須透過老鼠日復一日機械式的出入才能踏實感覺，當老鼠被誤當下酒餚後，他的存在逐漸受到制約，「自有」的存在也因被無聲無息的「他有」所蠶食而痛苦不堪，但起碼是個能意識存在與否的人，這些意象象徵著掙扎——自我存在與否的掙扎。尉天驄說，這個書寫橋段是受到海明威的影響，這一點在他所撰寫的〈悲憫的笑紋——記王禎和〉曾藉王禎和的話印證：「『天驄，……你在〈大山〉中那段一個老兵的自白，和〈到梵林墩去的人〉中的對話，處處徘徊著雷奈和海明威的鬼魂，還不誠實招來』！他說得沒

7 同註6。

錯，那時我的確從現代電影中汲取很多營養。」李主任則是象徵壓抑的角色，過去曾經意氣風發，爾後卻為一個女人搞得落魄失魂，十多天一直悶悶不語，是病房中最後「出聲」的角色，藏諸的壓抑在病情惡化時混雜著喃喃自語與童稚的叫喊一併宣洩而出。至於神經紊亂的青年則在深深愛戀不果後，自此混淆現實與回憶，某次幻覺致使墜落山谷，看顧護士成為他在現實中重疊回憶的愛戀對象，此乃取法法國「左岸派」導演亞倫・雷奈（Alain Resnais）的電影手法，雷奈擅長以時間和記憶作為拍攝主題，這個橋段猶如其在一九五九年拍攝的電影《廣島之戀》中的法國女星錯亂了日本青年與德國戀人一般。他是最後一個進到病房來的患者，卻也是唯一一位被轉院治療的病人，自此消失在這篇小說裡，象徵的是絕望中的虛妄。

尉天驄雖然不贊同「賈寶玉就是曹雪芹」的考據論點，但思理〈大山〉裡透過象徵所呈顯的心理活動，卻似乎可與尉天驄輪轉出的生命軌跡相吻合。追尋自我認識的題材一直是尉天驄早期致力所在，直到「筆匯」時期都還延續著這種筆調，無異是某種程度的自況，與其離散漂泊的際遇多所相關。而軍旅期間，尉天驄感情正逢低潮，因此〈人山〉中的戀情遭遇不乏存有某種自況的色調。壓抑、絕望與虛妄都是失戀男女司空見慣的精神病態，至於掙扎更屬必然。失戀當下，我的存在並不完整，難免刻意預留空間給對方來填補，企盼回到往昔醞釀的甜蜜中，或說意願再耽溺回長期相處的習慣裡，然而現實與期待產生落差，再回頭可能是絕望，想回頭卻不能／敢回頭，只得壓抑，這不正陷入掙扎嗎？這一點，尉天驄也藉另一個配角瑞明（出納室趙先生的姪子）來發揮一番：「有時候，天還沒有亮我就把錢塞在那個女人枕頭底下走了，我怕再看到她，……但是一個禮拜不到，我又去找她了，有一天我甚至打了她一個耳光。」當塵埃落定，絕望隨之而來，由愛衍恨，理智難免傾斜脫軌，虛妄便趁隙為亂，這種心態在這篇小說中可是著墨頗深，除了青年郎外，配角白醫生看似忠厚，總被密斯林逗得滿臉通紅，可當孫大夫婚宴時便酒後真言，把自己與異性交往的不愉快經驗一股腦轉化為對女人胴體的鄙視，大發謬論：「愛情，nothing but sex！」這正是感情受挫，萌生敵意之餘，欲自我補償／療傷所產生的虛妄。

不過，若要說這篇小說暗寓現實是尋不著出口的話，是無法令人苟同的。這篇小說還是存在健康成分的，即是一種向光性的發展，主要是安排了貝貝這個角色。當看到這個角色患得脊椎盤突出時，總下意識地與骨刺聯想在一塊兒（兩者事實上是有別的），尉天驄從戎軍旅時就因害了骨刺而退伍。不過，筆者並不認為貝貝就是尉天驄在小說中的化身，而是以為貝貝所象徵的希望為滿懷鄉愁與感情低潮的尉天驄的複雜心態之一。再從安排的段落來看，「雨」、「微笑」、「雲」等三段貝貝的「戲分」不多也不重，有點類似配角，其實是伏筆，他的身世一直到「啊！曠野」一段才揭曉，但給予讀者的感覺是溫馨輕快的，加上「啊！曠野」給人豁然開朗的感受，而李主任的朋友帶來小通仙的預言，使之恢復生機，羅老更計畫出院後要吃脆皮雞解饞（雖然不是什麼了不起的願望，卻總是得踏出醫院才能遂願），一個象徵願意邁開步伐，一個象徵對未來邁出步伐，前三段攏集的陰霾似乎看到撥散的契機，在滿布病痛的環境下看到活下去的意念，體現了存在主義的真諦，在《到梵林墩去的人》裡的八篇小說中是最透陽光的結局了。

尉天驄的小說原本就帶有失根的鄉愁，早期小說慣用回憶童年的手法來說故事，所形塑的角色是孩童也好，是孤兒也罷，小小年紀都已經荷載紅塵滄桑，從小說裡嗅到的氣味是屬於古朽的中國社會，是屬於離死的動亂年代，宛如在寫自己的故事（事實上也是）。但從〈內陸河〉之後，小說的角色陸續變得現代化，直至〈大山〉，孩童的意象終也脫胎換骨，對孩童的形塑，雖然維持舊稚齡身分，卻賦體新靈魂。貝貝這孩子，還是孤兒，但他不識得阮玲玉，沒有記憶鬼魅來作祟，對現實感到幸福，對未來滿懷憧憬，這種孩童描繪的轉變，是尉天驄的書寫從寫實主義與浪漫主義過渡到現代主義最相承也是最突變的基因。〈大山〉這部中篇小說所形構的新貌正昭示尉天驄的創作技巧囓破了寫實主義與浪漫主義的蝶蛹，成熟地展翅蛻變為現代主義。

(三) 到梵林墩去的人

〈到梵林墩去的人〉是這本小說集子名稱的由來，寫成之初，曾有某個文學發表會要朗誦這篇小說，知名文評家姚一葦也以口述方式，透過許南村筆記，寫下〈論〈到梵林墩去的人〉〉，暢談箇中的象徵、對比與表現方法，顯見這篇小說是具有相當的藝術高度，並且受到文壇青睞。和〈大山〉一樣，這篇小說的對話受到雷奈和海明威的影響。

乍讀小說裡對話，讓人備感突兀，明明是對話，卻根本是各彈各調，各扯各話，比佛拉迪米和哀斯朵剛在《等待果陀》的對話更為荒謬，但卻少了他們脫靴、摘帽與藏雞骨的滑稽樣，不過，「梵林墩」和「果陀」的意涵指向卻是相同的，同樣是虛無／不存在的代名詞。

這篇小說主要透過一個年輕人和鐵道站老售票員的對話來完成，情節的架構上並不複雜。但從對話的內容來看，老人家看似活在當下，其實是患有對現實的失憶症，不斷選擇以過去的人及事來當作敘述主軸，他的說話沒有次序，想到哪裡說到哪裡，類似意識流的寫法，好像作夢夢囈，只是湊長了篇幅；而年輕人除了對過去一無所知，更極力否定過去，顯得急於擺脫現境，以致備感不耐，穢言不斷，就是一心要前往沒人知道的梵林墩，即使現實世界中，火車只駛到農門鎮。

雖然老人家話說得毫無條理，但仍舊可以藉由每則對話拼湊出個大概：這裡是塊最好的土地，有一個天下最大的煤礦場，老胡子墳上那棵桑樹每年都有一窩最好的斑鳩，樹上的桑葚熟得發紅，為了讓這裡的風也變得柔柔的，他們要興建一座水壩，還要在街東頭蓋一座閣樓……但他也同時透露：透西不見了，尤烈喜歡賭錢，塔基跟麻撒老是喝得爛醉如泥，塔基還火爆地拆了火車站的椅子。最後甚至帶出：

該有人跟黎坤說，街道也沒人管了，晚上也沒有燈了，要是尤烈喝醉了，他一定會被絆倒。黎坤到哪裡去了呢？他說他要回來……該有人跟他說，礦石上已經長滿青苔了，水壩上的野草也愈來愈長了。透西愈來愈野，麻撒的醉酒也更加厲害了，他們到底哪裡去了呢？

老人家可以說把這裡從充滿美好、到積極建設、到遭到廢棄的過程唏哩呼嚕地說了一遍，描繪的正是美好的消逝與現實的荒蕪。

也因為現實荒蕪，亟需某種憧憬來滿足年輕人對未來的追求，年輕人極力咒罵老人家述說的一切，執意要離開這個鬼地方，態度愈是果決就顯得對現實的不滿愈高張，憤怒的情緒瀰漫全篇。只是，年輕人最終仍然沒法逃脫杜老大的鷹爪，硬給兩顆門牙外敞的黑色傢伙和同夥們給架走，臨行前還是不改憤怒。要去梵林墩的人始終無法掙脫現實的束縛，奮力要掙脫卻被牢牢綑綁的情節，營造出高度落差，留下的只有高度失落與高度遺憾。

這篇小說反映的正是六〇年代許多有志欲伸，有言欲暢，卻屢遭政治禁錮的年輕人的挫敗。煤礦場所在地暗指當時的台灣，美其名為寶島，號稱是民主國家，但美麗名號下的真實教人難以卒睹。在政治霸權企圖壟斷／切斷所有的發聲管道，壓制人民自由意志時，寧靜無異於噤若寒蟬，不符合政治權力所要求的聲音即是謀逆。肩負社會使命感的尉天驄，以年輕人的忿怒與渴求，勾勒身處白色恐怖的年代，冀望體現自由意志，做個真實自我，卻因挫敗而備感苦悶的心理狀態。加上當時尉天驄已經具有左派思想，想要在右派獨裁政權下體現左派思維，無疑是以卵擊石，「梵林墩」是空想而非理想是能理解的，〈到梵林墩去的人〉的結局也在意料之中。

(四) 大白牙

〈大白牙〉是根據刊登在《文學季刊》第四期的〈大白牙與蒼鷹〉刪修而來。〈大白牙與蒼鷹〉大概說的是：將滿九歲的「我」和已經十三歲的阿鑾帶著爺爺的老獵槍與彈弓，離開下馬崗的家去找尋不見的那頭驢子大白牙，後來兩兄弟誤闖十里坡下民家，因緣際會之下，民家老頭說出自己認識下馬崗的老財發，他們也曾遺失了一隻蒼鷹，兩兄弟認為偷走大白牙和蒼鷹的就是阿魯所說的那個有紅酒糟鼻的傢伙。隔年，阿鑾上了中學，「我」給他送飯到學校，聽到穿長衫的老頭子講了柳宗元的貴州驢的事，「我」由此認定，那貴州驢便是大白牙，大白牙的下落非得問姓柳的不可。故事由兩個孩子的奇想出發，一副小孩想幹大事的天真與執著，頗具童趣。而〈大白牙〉

則是刪去民家老頭認識老財發和丟了蒼鷹的情節，其餘完全相同，因此，題目也就只保留大白牙。然而，乍讀之下感受到的童趣，實則蘊涵作者深層意指，它與〈到梵林墩去的人〉具有殊途同歸的象徵意義，表徵著尉天驄心理上的一種逃避。尉天驄曾說：

> 譬如那篇〈到梵林墩去的人〉，就是把它從現實中游離出來，而以一個似有似無的「梵林墩」來代表自己所追求的理想；這和那篇〈大白牙〉裡，用一隻小毛驢代表自己童年以來的那個夢想一樣，實在是另一種形式的逃避。[8]

進一步討論，〈到梵林墩去的人〉是強烈的、是積極的、是怒吼的；而〈大白牙〉則是把自己的理想童夢化，企圖藉著孩童的無限想像暗諷自己的追求顯得荒誕不經，甚至以涉足神話國度的方式暗指所追尋的理想之虛無：

> 奶奶說過好多次好多次了，十里坡那邊是只有孫悟空和豬八戒才去的地方。她一遍又一遍跟

8 尉天驄：〈我的文學生涯（中）〉，《中國論壇》半月刊第十七卷第六期（一九八三年十二月二十五日），頁六七。

> 我們講唐僧到西天取經的事，……站在莊子西邊我們可以看見那棵好粗好粗的大槐樹，那是吊著紅孩兒的大樹；……奶奶說，她怎麼樣也不准我們野到那一帶十里坡去。

奶奶在這裡代表內心世界對理想追尋的對立聲音，企圖阻止「我」向理想進發，但「我」不顧反對，依然展開逐夢之旅，因此，當「我」意外發覺大白牙的形蹤，想要詢問貴州在哪裡時，奶奶就已經過世了，代表反作用力的消除。顯示尉天驄在追逐理想的過程中，曾有過掙扎，但他最後勇敢選擇跨越對立聲音向理想前進，只是，當他身歷其境時，才發覺理想原來如此遙遠，夢竟如此虛無，這當然與當時台灣以政治力禁錮與獨裁整個社會息息相關，此時，文字成為另類的發聲管道，為保持這僅有的聲道，仍有音量，必然的偽裝直指象徵書寫，一方面投射心情藉以抒發，一方面也避開高幻想廣株連的政治監視，這正是尉天驄所提到的另一種形式的逃避。

自從尉天驄開始創作現代主義小說之後，老早擺脫以鄉土背景、鄉土人物為創作素材的慣性，就連最擅用的兒童角色也注入新靈魂。這些形式上的翻新，除了〈奶奶與騎駱駝的〉（刊登在《筆匯》第二卷第七期 1961.5.15）未加以運用外，另一篇例外便是〈大白牙與蒼鷹〉／〈大白牙〉；雖然重新啟用鄉土素材，卻不是回頭去著墨傳記式的故事性小說，而是揀擇舊素材創造新小說，鄉土素材儼然不再是親身經歷的構組元素，而是為投射心理活動所營造的影像。但是〈大白牙與蒼鷹〉／〈大白牙〉的象徵手法卻較〈奶奶與騎駱駝的〉更為幽邃，顯見尉天驄除了新的表現方式外，利用慣性素材處理現實課題的功力也同樣精湛。

（五）被殺者

〈被殺者〉是身為醫生的「我」被假藥販子刺殺後在彌留之際所作的自白，敘述所見所聞，以及回想誰殺了「我」，為何被殺，和心中放不下的牽絆。這種寫法曾經出現在陳映真刊登於《筆匯》第二卷第三期的〈死者〉，〈死者〉分為三段，第二段就是林鐘雄的外公王發伯於彌留之際所做的一生回顧。尉天驄的〈被殺者〉是否受到陳映真〈死者〉的啟發，實無具體證據可資證明，但常常修改陳映真早期小說的尉天驄，至少在「筆匯」時期就已經看過陳映真以彌留者當主人公的敘述手法。

觀察生命跡象，彌留者仍算是生者，但卻在死亡的邊緣徘徊，此刻正屬於生死交界的三不管時空，尉天驄留意到了這個模糊地帶，因此運用類似意識流的不連貫手法，讓「我」在現實與虛幻中跳躍，以致某些建構具有相當荒誕的色彩，譬如：「對面牆上有一幅自繪的風景，暗藍色的天空正旋轉著」、「我分辨不清是自己咒罵自己，還是別人這樣對我咒罵著」、「太陽像火一樣烤下來，一夥黑色的人影在旋轉著」、「我看見他臉上那顆耀眼的痣……在擴大著，擴大著，像太陽一樣旋轉著」、「太陽在旋轉著，那顆巨大的黑痣隨著它一起旋轉」等等，甚至讓彌留者也會短暫昏睡而作夢，夢境更加荒謬：「水，水，水，一道噴泉從石縫裡湧出來，石頭在那座山上，我的妻子正坐在那邊」、「有人叫著我們兩個，那是一個屍體」、「屍體的笑，每一塊肉都張大嘴笑著。整個解剖室都笑著……而那愈來愈大的笑聲在背後追趕著。」王鼎鈞在他的《短篇小說透視》一書曾以這篇小說為透視對象，並且對這些荒誕現象提出說明：

> 人之將死，眼神渙散，聽覺錯亂，物象音波皆被扭曲而變形失真，加上平時的生活經驗（如解剖室內）以幻覺的形式羼入，遂使這位獻身社會鞠躬而死的醫生，最後所見的世界如此荒謬。[9]

雖然無法以科學實證彌留之際的精神樣態，但這種書寫技巧成功地詮釋意識清明與恍惚兩樣狀態交錯的渾沌，區別了正常人看世界的感觸，是陳映真書寫王發伯時單單著墨回憶的筆法所遠

9 王鼎鈞：〈遺恨〉，見《短篇小說透視》，台北市：大江出版社，一九六九年九月，頁一二五。

遠不及的，也是這篇小說在藝術營造層面最為高妙之處。

而彌留者的結局是什麼？有機會起死回生嗎？有機會讓案情水落石出嗎？這個問題考驗著尉天驄在結構安排與文旨意涵上如何取得契合，他在篇末寫道：

我整個人在下沉著，眼睛再也張不開來，我再不能做甚麼，即使我已聽見遠遠的地方救護車的汽笛在響著，但是我知道這一切將是徒然。

顯然，尉天驄的規劃是讓「我」含冤黃泉！王鼎鈞在他的文章中對於尉天驄作此不圓滿的結局多所著墨和假設，歸結到底就是因為「情節需要」與「不圓滿較圓滿為佳」所致，王鼎鈞甚至認為為社會改革而犧牲的良醫，竟落得此下場，這種結局只能稱之為「遺恨」，而這篇透視短篇小說的論述也就以「遺恨」名篇。殊不知，尉天驄早已決定寫死良醫「我」，含冤撒手實是必然的結局，如此方能體現著作者的初衷，若非如此，尉天驄所寄寓的意涵定然完全走味。

究竟尉天驄想要藉〈被殺者〉傳達什麼訊息呢？他說：「我要表達的就是那個時代，那樣的政治氣氛下，即使知道了也無法說出來，也沒機會說出來的心境。」[10] 按照王鼎鈞的分析，若是找到兇手，良醫起死回生將大為削弱小說的張力與感染力，但事實上，尉天驄是欲藉彌留之人無法對外言明所感知的處境，來暗喻當時被政治力把持的台灣社會不能暢言道出真相的窘態，既是如此，「我」豈有甦醒之理呢？

回顧那段歲月，台灣幾乎年年都有因為揭反國民黨而造成的政治事件，這篇小說是一九六七年所刊登，光是這一年就有「林水泉、顏尹謨事件」、「台灣大眾幸福黨事件」。而六〇年代著名的政治事件也是層出不窮：一九六〇年發生令自由主義陣營聲勢重挫的「雷震事件」；一九六一年廣牽株連三百多人的「蘇東啟事件」；一九六四年相繼爆發「彭明敏事件」、「湖口兵變事件」；一九六五年出現與文壇相關的「文星事件」。該小說刊登後一年，一九六八年，尉天驄的一班文友：陳映真、吳耀忠、丘延亮等，更因「民主台灣同盟事件」（又稱「文學季刊事件」）遭到起訴求刑。這些事件中，雖然不乏主張台獨而獲罪遭捕，但不論是否高舉台獨旗幟，每樁事件背後都存在意欲揭竿對抗黨國的獨裁專制的時代背景，這種政治桎梏直到八〇年代末期都還鐐銬著台灣社會。所以，小說一開始，尉天驄就以象徵的手法描繪欲去行醫的部落：「在山

10 二〇〇九年一月十八日，筆者造訪尉宅的談話內容。

地的F鎮，瘟疫正在每個角落擴散開來，嘔吐，死亡，灰鼠色凹陷的眼睛，倒下去再也爬不起來的小孩……」，「F鎮」讓人自然聯想到Formosa；而醫生就是台灣社會改革者的化身，也可以說是尉天驄心中除弊改造的抽象希望之具體形塑，假藥販子則是當權者既醜陋又虛偽的臉孔。

尉天驄身處這種時代氛圍，創作了〈到梵林墩去的人〉、〈大白牙〉、〈被殺者〉三篇帶有影射政治恐怖的小說。不過，〈到梵林墩去的人〉與〈大白牙〉至少都經歷付諸行動的過程，但〈被殺者〉卻從結局下筆，自始至終，絲毫不得動彈，即使「我」滿懷使命感也無濟於事，顯得更悲觀、更無奈、更無路可走，尉天驄寄託在作品的晦暗與沉痛幾乎臻至飽和。

(六) 5點27分

〈5點27分〉描述一位青年人在屆滿三十歲前夕的夜裡，滿懷憤怒前往教堂向牧師發洩，最後登樓想要撥慢教堂大鐘，連人帶鐘墜地傷重的故事，當時，墜地大鐘的指針便指向五點二十七分。

自古以來，宗教肩負著藉神力依規範以勸化的功能，因此，牧師可視為傳道者、衛道者，疲憊的年輕人選擇牧師不為救贖，而為宣洩，暗指挑戰既成規範，是一般人不輕易／不願意踏觸的禁線，肆無忌憚的行徑正說明某種力量驅使他超越理性足以裁量的範疇，因為存在被控制著，其所作所為都只為證明自己能真實地活著，富有極濃厚的存在主義色彩。

年輕人首先對被時間制約的生活發難，埋怨教堂那口定時敲響的大鐘常惱得他不得安寧，對於禮拜天上教堂做禮拜有著莫大的反感，亟欲擺脫按作息表辦事的生活，看得出企圖掌控自我的青春，而不被外物奴役的渴望。

其次，年輕人對「虛偽」的行徑展開一連串的冷嘲熱諷。他道出牧師晨間去打太極拳是為了讓一塊兒打拳的老頭子老太婆在禮拜時坐在教堂前排為他的布道鼓掌，並且尖酸地回應牧師：「老狗撒尿也盼望有東西去聞，你等著他們恭維你，明明你知道他們坐在椅子上打瞌睡……」接著又以開信箱、等電話、窺路人等生活經驗來印證人總是對自己不夠坦然，以致明明死不了心，卻說心死了，其實根本沒死透；後來又因牧師出現不耐煩的口氣惹得他反唇牧師，認為他嘴裡雖說不介意半夜造訪，其實「你根本一心要去陪老婆睡覺，你裝成一副慈悲相，其實你完全心不在焉，就像你吃飽飯睡覺之前的禱告一樣……」在年輕人的眼裡，人無法真實面對自己，無法真誠相待周遭，觸目所及多半虛偽，這些假象令年輕人作嘔，他要的是一個真的世界！

而在一連串的對話中，年輕人也顯露了自己的內心狀態。他對牧師說：「你也不會知道它（教堂的大鐘）叫的像什麼，因為半夜裡你不會睡不著，也不會沒有人陪你聊天，我是說，當你甚至連一個男人也沒有的時候。」年輕人的孤寂可見一斑，夜半鐘聲只是讓他更清楚地意識到自己的存在有多孤寂。也因此，年輕人嚴重失眠，夜裡倒數綿羊，靜靜地感知著夜闌人靜中周圍所有的行動與聲響。天一亮，旋即墮入時間的輪迴裡，讀著一成不變的報紙，做著索然無味的差事，過午就扒碗蹄花麵，聽同事吹噓女人經，接著壓馬路、看電影，「規律」地行屍走肉著，雖然企圖在劇院大銀幕的尋人字幕上找到自己的存在，但始終不果，反而讓自己顯得更加虛無／不存在。

不過，年輕人並非一開始就向現實屈服，面對困窘與瓶頸仍有著衝動和熱血，對於牧師老奉《聖經》為圭臬的迂腐不屑一顧，特別是馬太福音第二章第十三節的那句：「不要竭力掙扎，只要忍耐靜待」，年輕人寧要選擇現在奮力掙脫，也不願枯等未知的未來。只是，小說並未交代掙扎了多少時日，讀者只能臆測到年輕人已經達到某種極限，最後，一股腦地將憤怒發洩在教堂那口大鐘上，倏地阻斷時間向前推移，象徵衝破一切束縛……奄奄一息之際，尚存求生意念，斷斷續續地哀求著牧師撥電求醫，既活不下去又不願死去的矛盾表露無遺，這也是年輕人存在最可悲之處。

對於〈5點27分〉，尉天驄只是短短地說了句：「這篇文章純粹寫一個年輕人的憤怒。」似乎是憤怒謀殺了這個青年人，然而，究竟為何憤怒？尉天驄並未進一步交代。從情節來看，憤怒是箝制、虛偽、孤寂、虛無攪和來的瘴氣，然而，為何備感箝制？為何痛恨虛偽？為何孤寂襲身？為何虛無常伴？若非解開，小說隱藏的內涵是無法水落石出。

從〈到梵林墩去的人〉、〈大白牙〉到〈被殺者〉，三篇小說的主人公無一頹唐喪志，相反的，他們強烈具有使命感或責任感，但尉天驄卻賦予這三個「我」迥異的際遇，從原先的積極掙脫／追尋到最後任人擺布／宰割，描繪的正是自己在窒息的時代裡心路的迷惘與轉折，宣洩的無一不是遭壓迫而積累的憤世與抑鬱。而〈5點27分〉中出現的箝制、虛偽、孤寂、虛無、憤怒等現象，又何嘗不是〈到梵林墩去的人〉、〈大白牙〉、〈被殺者〉等篇的書寫元素呢？循此脈絡，〈5點27分〉並未脫離投射當時尉天驄如膠凝般的心理狀態，雖然無法肯定是政治環境所釀成，但與這種不健康的社會環境可能也脫離不了關係，就算視為前三篇小說的精神狀態之翻版也無不可，只是這裡恐怕不僅止於政治層面，應該包括有個人生活等諸多感觸混雜在內。而小說刊載時，尉天驄三十二歲，恰過而立，不難聯想，這個憤怒、矛盾的年輕小夥子不是別人，而是咀嚼苦悶的尉天驄。

(七) 又一個晴朗的日子

故事是這麼說的：某日晨曦透窗，結束與枕邊人寥寥數語的冷言冷語，莊教授照例燃起菸，提取鳥籠前往公園裡的廟口，並計畫順便在公園裡停下來草擬下星期演講的講稿。沿途他和五六個純真的小學生打了照面，回想並比較起自己授課的大學生們，並且莫名地喚出因妻艾蜜的歇斯底里而針鋒相對的勃谿往事……穿過第一個平交道，看見年輕配報夫，腦海浮現孩子寧兒的身影，想著自己的親子關係是何等制式地維持著，距離就讓寧兒從孩提以來就難以被他探知，更遑論結婚出國之後……不久，他遇著李牧師，託他帶物件回教堂，這回喚起莊老受洗與禮拜的過程和之後掙扎的回憶，目睹眼前殘荷道出自己傾向垂敗的人生觀，並再次將思緒帶進某次課堂講解荷花詩詞的經過，學生近乎零共鳴致使他萌生儘早退休的念頭，此時，公園附近的木板屋中傳來陣陣母女的激辯聲，讓他憶起自己胸無大志，曾脫口說出要當公園管理員。不久，雜誌社編輯逼近的腳步聲讓莊老驚醒過來，編輯和他論起棋來，讓他無心擬稿，腦海空白一片。繼續穿越兩條平交道後，看到送牛奶的把每日工作固定的像習慣一樣，他覺得跟妻的嘔氣也是如此，想起艾蜜嘲諷他連最疼愛他的大姨交妥的事都給延誤掉，頓時勾起幾天前作了個和大姨相關的夢，對從不責難他的大姨，總有止不住的內疚……轉過街去，路經尚未開鋪的園藝中心，總是想再見的販貝殼的C小姐一面，向她購買貝殼的記憶點滴浮現……終於捱近公園，迎面的是晨間節目主持人，他提議用莊老和鳥友們在廟口攝的黑白照當下期刊物封面，並請莊老提提先人家世好作人物簡介，這讓莊老的思緒緩緩掉入課堂上學生初次見面時的自我介紹，呆板又制式地循環著，除了乏味，一無所有……抵達廟口前，莊老投遞了李牧師的物件，但卻避走教堂，伴隨大風琴聲的聖歌旋律讓他深感蒼老……終於來到廟口，早來的劉先生和他論起名家書法，莊老但覺熱氣騰升而解開外衣鈕子，故事就在「太陽慢慢地升上來，又照耀著這新的一天。」裡畫下休止符。

一九七一年元月十五日，為了延續一九七〇年初停刊的《文學季刊》，尉天驄等又辦起了《文學双月刊》，前後只有兩期，〈又一個晴朗的日子〉就是刊登在《文學双月刊》第一期。這兩期双月刊有一個共同的編輯現象，即分別對某位導演及其電影做專輯論介，第一期聚焦在瑞典當代導演英瑪．柏格曼，第二期則將鏡頭轉向國片導演唐書璇及其電影《董夫人》。令人驚覺的是，第二期的電影導演專輯約僅占總篇幅的九分之一（三十頁），但第一期卻有四分之一的篇幅（六十六頁）留給了英瑪．柏格曼，包括李南衡翻譯的電影劇本〈野草莓〉，以及鄭臻所翻譯的〈柏格曼電影的幾個特色〉、〈柏格曼論電影〉、〈論柏格曼的「野草莓」〉，這四篇文章中都提到了《野草莓》，除了劇本翻譯，還有一篇專以電影《野草莓》為敘述主軸，篇幅不短，顯見主編尉天驄對柏格曼的關注程度，而拍攝於一九五七年的《野草莓》則是奠定了英瑪．柏格曼影壇地位的成名作。

電影《野草莓》是敘述七十六歲的老醫生伊薩克．伯雷在獻身醫界數十年之後終於獲頒榮譽博士學位。在驅車前往倫德受獎的途中，從媳婦瑪莉安口中得知兒子伊瓦德對他的怨恨，他將車子開往少年時代佇過的別墅，坐在草莓園裡忘情地走進回憶，並看到初戀愛人沙拉。從幻境中回神過來的伊薩克遇見了三個搭他便車前往義大利的年輕人，其中，唯一的女孩子就叫沙拉，眼見三人青春洋溢，在接下來實境與夢境交錯的漫漫旅程中，伊薩克感悟並後悔畢生埋首科學而疏離愛情與親情，最後他贏得媳婦瑪莉安的敬愛，讓女僕阿達感受到自己的關懷，也免了伊瓦德積欠他的就學貸款，打破執拗的原則。雖然表現得極為笨拙，但已經試著對這些缺憾作出彌補。這部電影具有濃濃的超現實風，特別是伊薩克所作的那三個夢，充滿強烈的暗示與象徵。暗示伊薩克今日局面都是長期累種的果報，象徵名聞醫界的巨擘不過是個極度失敗的人倫角色。

Robin Wood 在〈柏格曼電影的幾個特色〉（鄭臻譯述）一文說道：

柏格曼常用的一個形式是在旅程中間將過去的回憶和現在的事件混合，將主角引領向自我的認知，使得主角的人生觀產生極端變化，對未來也有了新的打算。

又說：

人物的懸空感、過去事件的出現、在一段短暫（通常是二十四小時）而重要的時間達到一個轉變並決定了未來、還有重要的旅程，這些要點都能協助我們詮釋柏格曼藝術的本質。11

這兩段評述顯然也適用於《野草莓》，並且相當貼切。令人詫異的是，若引柏格曼這些電影特質來分析尉天驄在〈又一個晴朗的日子〉中所運用的創作技巧，相似度頗高。莊老和伊薩克同樣面臨年老空虛、夫妻關係惡劣與親子關係冷漠，同樣透過夢境／回憶掙扎在過去與現在的疊印裡，同樣走著一段旅程，只是尉天驄將時間縮小化。關於這種感染，尉天驄表示：「我這篇小說受到瑞典導演英瑪．柏格曼的影響。」唯獨不同的是伊薩克顯然獲得救贖，並在遲暮之年不太靈活地跨出融化人際疏離的初步，而從莊老身上則嗅不出這股氣息。為何要置身於邯鄲學步的危機中呢？何不染得更像柏格曼呢？一方面，真是如此，創作便與抄襲無異；另一方面，創作定然潛在某種宏旨，柏格曼處理結果的模式是無法忠實反映尉天驄心境的。

每當有人問及英瑪．柏格曼拍片的目的時，他總是這麼表達的：

有一個古老的故事，是描述查德大教堂被雷擊而焚毀的情形。然後成千萬的人從各地走來，

11 Ribin Wood著，鄭臻譯述：〈柏格曼電影的幾個特色〉，《文學双月刊》第一期（一九七一年一月十五日），頁一七五至一七六。

就像一大列的螞蟻，他們一起在舊址上重建大教堂。他們工作至大教堂完成為止……但他們都沒有留下名字，直至今日沒有人知道誰建築了查德大教堂。……我願意作平原上建築大教堂的藝術家之一，……我願意參加大教堂的集體工作。[12]

由此可見，柏格曼對電影拍攝是隱含建設意識的，伊薩克的倫德之行就是查德大教堂的重建過程，柏格曼透過瑪莉安、沙拉、維多克、安德斯、阿爾曼夫婦等重建了伊薩克的人生，雖然建得不夠精緻，但已經開始潤澤周遭。而尉天驄筆下的莊老最後只感受到即將到來的仍是豔陽高照，熱氣正在他身上蒸騰，解開釦子頂多只是象徵暫獲喘息，問題根本仍然磐固如初。

從情節可以看出端倪，致使莊老產生挫敗感的對象，基本上歸諸於妻子、兒子與學子三個層面，再細究，尤以妻子牽涉的最為深廣，妻子對他歇斯底里，對他冷言冷語，對他畢生之憾刻意揶揄，致使莊老必須在感情的依託上尋找補償對象，因此渴望再見C小姐。換句話說，這三個層面中對妻的描繪才是主軸線，其餘兩線只是交叉掩護主軸，豐富故事架構，繁複情節發展，以讓主旨隱中求現，不露直接。之所以挑中枕邊人為著墨點，尉天驄說：「當時剛結婚不久，婚也結

12 英瑪・柏格曼著，鄭臻譯：〈柏格曼談電影〉，《文學双月刊》第一期（一九七一年一月十五日），頁一八二。

得很匆促。」[13]可見，尉天驄這篇文章是藉由擴大想像（他當時才三十出頭，兒子尚未出世，執教不過數年）對新婚之初的磨合心境作投射，既是方陷其中，當然只能稍作喘息，談不上重建，遑論補償和救贖。「太陽慢慢地升上來，又照耀著這新的一天。」似乎只讓人感受：日復一日，眼下只是漫漫時間輪轉中的一小環節，未來仍未可知。

二〇〇六年十二月，尉天驄為自己的新書和亡妻的遺畫合辦了新書會暨畫展，引言人之一的陳芳明寫下當時所見：

尉老師就站在畫前盈盈微笑，卻又洩露一絲掩藏不住的憂慼。漢子般的他，在夫人畫魂的臨照下，終於也有脆弱的時刻。[14]

多年過去了，暴風雨早給晴空放逐得老遠了……三十多年前的〈又一個晴朗的日子〉擺脫書寫內心的政治糾纏，為伉儷倆婚姻樂章留下了一段前奏。

13 二〇〇九年一月十八日，筆者造訪尉宅的談話內容。
14 陳芳明：〈花開冬季〉，《聯合文學》第二六八期（二〇〇七年二月），頁二〇。

（八）艾玲達！艾玲達！

這篇小說依序分為夏、秋、冬、春四個段落。「夏」寫的是主人公耐都學生時代與同學們鬥毆的事；「秋」說的是耐都與一群窮酸朋友在咖啡館聚會的情形；「冬」描繪的是耐都參加友人婚禮與酒後情不自禁栽進溫柔鄉的種種；「春」則是敘述耐都前往飯店等會舊情人的經過。讀者很難在季節與情節之間作合理的聯想，不論是單一段落或是通篇小說。至於作為題目的艾玲達，雖然貫穿四段，實則相當虛幻，從頭到尾都只是以聲音出現。面對這種題目、段落、情節都極為獨立的小說，只有尋找共同元素進行組織，故事的虛實軸線才能拉開，作者的用意才得顯現。

首先在秋、冬、春都可以找到主人公一貫的情感思考。在「秋」的段落，和耐都對坐的女人皇后試著要幫耐都介紹女朋友，第一位是蘇思，長得像耐都的前女友孟小倩；第二位是青年團契的女孩。對於前者，耐都堅持不要這一型，對於後者又是盡其想像地挑剔，若從「春」的一段耐都還留意到報上孟小倩的消息與特意探訪的情節看來，耐都其實還是深戀著舊人，無法接受新戀情。到了「冬」一段，友人的婚禮上，同席賓客勸酒，耐都馬上嗅出大夥意圖作媒催婚的想法，不願乾杯，但當某位準備大談耐都的羅曼史時，耐都馬上一飲而盡，堵住了他的嘴，將焦點移轉到飲酒上頭，這個舉止固然和「秋」一段的情感導向是一致的，另也看出耐都閃避婚姻的念頭，即使他年過不惑，在一般人看來，談戀愛已不是感情世界的首要，要緊的是成家。也因酩酊大醉，耐都和煙花女子魚水之歡，醒來後卻憤怒、惶恐、懊悔，既是徒手刷牙，又是狠命擦洗，甚至不肯用壁掛的毛巾，只願拿自己的汗衫抹乾身子，酒後的作為是潛意識的補償心理，極為真實，但酒醒後，耐都卻視之為罪惡，一切清潔的動作都象徵滌淨罪惡，這當然與其執著舊愛有關，酒後的作為在耐都來說是一種出軌。

至於「夏」，耐都所處的年紀明顯和其他三段有落差，當時他只是個學生。看似與其他三個季節無干的背後，其實它透露了兩項訊息：其一，從幹架事件來看，耐都的個性相當堅持，不論是否擇善（不協助同學作弊），少年時的個性為日後感情的處理模式留下伏筆；其二，這點相當隱微，當同學挑釁耐都時，真正惹火他的就是挑其家庭狀況作文章，同學們瞧不起他的雙親，而他的母親是繼母。這條小線索其實很重要，可以和「冬」一段聽見妻對夫吆喝的橋段相結合，「冬」的這段婚姻際遇無疑是負面的，這段負面的聽覺極可能就是源自於其對原生家庭的印象。由此可以讀出：耐都雖然執著戀情，但對婚姻的感覺卻不是愉快的！婚宴上才有躲避作媒的舉動。這種狀況使得他在感情世界進退維谷，矛盾油然而生。

在明白了主人公的感情思維之後，接下來必須要處理的是艾玲達。小說完全沒有對這個名字作隻字片語的解釋，讀者只能從這三個字帶給主人公的感受來切入。在「夏」一段，被狠揍躺平的耐都描述聽到艾玲達時「（艾玲達）用最柔的手指撫摸著他的周身，一瞬時，他有一種被熨平的感覺。」第二次，他從走出當鋪聽見時，「一瞬時他的淚水流下來」；冬的一段，驚覺自己鑄成「大錯」時，推開窗戶又聽見似曾相識的聲音，他說「一切都這麼陌生，只有那種溫柔是屬於他的：『艾玲達！艾玲達！艾玲達！』」最後一次，當他感受到孟小倩只是對他虛應故事，一陣酸痛襲來，他又聽到艾玲達的聲音，「好像那顆星柔柔地叫喚著，那麼親切，不管在甚麼時候甚麼地方，總是那樣扶持著不讓他倒下去。」由此可知，陣陣的輕喚對主人公來說是溫柔，是能帶來撫慰的。只是，艾玲達根本不存在於現實世界，是虛幻的，若從醫學角度來說，說主人公患有幻聽也說不定。耐都的慰藉竟然是選擇／透過虛幻來滿足，這就註定他的感情世界是不會圓滿的。

有了以上的理解，或許季節和情節的對應關係也就理出了頭緒，夏的熱，一方面暗指原生家庭對他的灼燒，一方面也象徵他熱衷執著。秋的蕭颯象徵著他的生命處境，包含逐漸凋零的感情衝動。冬的凜冽實指面對感情時的種種困頓，包括自己從未想過會產生的「出軌」。春則最富戲劇性，原本應該意指生氣，但在耐都的一句「這春天有點不太對勁」，整個氣息完全走味，為主人公終究無路可走作了交代。

這篇小說顯然是在映照內心的感情歷程，順著《到梵林墩去的人》的編排脈絡，基本上是採時間為座標點，最後一篇的〈艾玲達！艾玲達！〉應該是成篇最晚的作品，若是如此，尉天驄寫了這篇小說極可能是〈又一個晴朗的日子〉的續集，所要表達的意涵應該也是大同小異，可能是基於現實生活的情感挫折（家庭？）而對舊戀情的憧憬與幻滅。

*

《到梵林墩去的人》雖然以負面書寫為筆觸基調，箇中卻滿現人道精神，再三企圖掙脫政治鐐銬則是對人本精神的捍衛。當台灣現代主義書寫逐漸流於文字堆砌，精神貧弱到無力關注現實時，尉天驄保有高度的自覺性，疾聲呼籲文學必須切合現實，更落實批判性接受在自己的文學創作中，現代主義始終只是他反映現實所仰賴的文字，一種迥異於傳統中國文學的表現方式，以現代的手法書寫現代人的種種，不但避陷西方現代主義流弊，反而更貼近最初西方現代主義因應時代變革尋找心理出口的本衷。經過本文貼近閱讀後，不難發現尉天驄的小說書寫具備幾項創作特色：

一、堅持寫實意識、入世情懷與人道主義

《到梵林墩去的人》指涉政治恐怖的寓言書寫幾乎殆半，其他諸篇，有以人倫傾斜為寫題者一，餘皆投射生命——包括生活與感情——的心路歷程，某種程度可視為探索心理活動的成長小說。著實印證：尉天驄所認同所表現的現代主義文藝必須鎔鑄寫實意識，展現高度入世情懷，與其主持文學傳播活動的理念是一致的。其中，筆鋒意識強烈地蘸觸政治扭曲帶，更能彰顯其堅定人道主義的立場，隱然吻合五四文學所要展現的「人的文學」的精神。

二、擷取並鎔鑄歐美現代主義藝術的經典元素

這是尉天驄突破小說書寫的篇章有限，創作時間短暫，卻能著實砌出了藝術高度的重要因素。〈微雨〉成功地借鏡卡夫卡慣用的「反伊底帕斯情結」，絲毫不遜色於陳映真的經典名篇〈我的弟弟康雄〉；〈大山〉、〈到梵林墩去的人〉向美國小說家海明威與法國左岸派導演雷奈的電影《廣島之戀》汲取養分；〈到梵林墩去的人〉中的對話與情節浮現荒謬劇貝克特《等待果陀》的影子；〈又一個晴朗的日子〉觀摩仿效瑞典導演英瑪．柏格曼在電影《野草莓》的展延模式，將電影中數十年的時間長度出色地濃縮成某日清晨。這本小說集可以說是鎔鑄歐美現代主義文學與電影經典於一體，是踩在巨人肩膀上所締造出來的高度。

三、多元題材與大膽實驗的書寫風格

這是尉天驄小說書寫另一個值得觀察的藝術焦點。他注視社會現實，也觀照個人心理，書寫

題材於他是廣角的，特別是政治寓言，〈大白牙〉選擇孩提往事軸篇，教人錯感是自傳式小說；〈被殺者〉是醫生彌留之際的意識告別；〈到梵林墩去的人〉則是對走投無路的叛逆青年的描繪。同時，他勇於實驗自己的小說，〈大白牙〉的書寫風格頗類左岸派導演所倡導的「雙重現實」；〈被殺者〉氛圍緊繃，表面張力止溢於逆料當溢，千鈞一髮卻功敗垂成；〈到梵林墩去的人〉則是荒謬連連，無厘頭的對白隱藏對現實的無奈與未來的絕望。廣角的書寫題材證實尉天驄的敘事天賦與馭字能力，大膽實驗的作風突顯尉天驄對現代主義小說書寫的企圖與探索。

這些特色積累出尉天驄現代主義小說創作的藝術高度，並且受到當時文壇人士的青睞。〈到梵林墩去的人〉曾受邀於某個文學討論會中朗誦，知名文評家姚一葦以口述方式，透過許南村筆記，寫下〈論〈到梵林墩去的人〉〉，暢談箇中的象徵、對比與表現方法。姚一葦的文學理論之作卷帙浩繁，自是不在話下，但專評台灣當代作家及其創作者並不多見，在「文學季刊」時代（1966～1970）只有四篇，分別是：〈論王禎和的「嫁粧一牛車」〉、〈論白先勇的「遊園驚夢」〉、〈論水晶的「悲憫的笑紋」〉與該篇。顯見，在姚一葦心目中，尉天驄現代主義小說的高度是足以和王禎和、白先勇等人相提並論的。除此，前輩作家王鼎鈞於六〇年代曾致力於小說研究，先後完成《小說技巧舉隅》與《短篇小說透視》兩部著作，前者皆舉隅世界名著；後者十一篇專研悉數在《中國語文月刊》的專欄發表過，泰半以當時國內小說創作為例，包括有林語堂、叢甦、羅蘭、歐陽子等人，尉天驄也赫然在列，其中有題〈遺恨〉，便是選擇〈被殺者〉為例來探討小說的「結局」，雖然因未能掌握尉天驄的書寫旨意而悖離結局之所以如此的順勢推斷，但若賦予新批評的視角，仍不失為某種途徑的詮釋。日後作為「曾經是小說家」的尉天驄，當時的筆下火候的確頗有可觀，方能資格為小說創作的觀摩。另外，〈大白牙〉的際遇更是超乎想像，四十多年後，二〇一〇年，失聯多時的文季同人陳耀圻竟然回過頭來向尉天驄商借文本，意欲將這篇小說拍攝成動畫，當年透過西方大銀幕滋潤筆下文字，而今這些文字竟然要在東方以大銀幕呈現，恐怕尉天驄也始料未及，但這也說明尉天驄當時的小說是具有影像質感的，就好比他曾醉心的海明威，也有許多膾炙人口的小說被改編成電影。

小說書寫，尉天驄的時間不算長，作為現代主義小說家，尉天驄的時間尤其短暫。一九六八年一月，《文學季刊》所主辦的「一個中國導演的剖白——李行作品研究」座談會，與會的尉天驄以「小說家」的身分出席[15]尚能名符其實；一九七六年的「第一屆聯合報小說獎」，尉天驄就

15 尉天驄主持，黃貴蓉記錄：「一個中國導演的剖白——李行作品研究」座談會，見《文學季刊》第六期（一九六八年二月十五日），頁一三二。

是六位決審委員之一，只是此時則已「名實不符」，早已擱筆小說多年。然而，若非尉天驄的小說創作達到某種藝術境界，王鼎鈞是絕無法將之列為小說創作範本的；若非筆下已累積出篇篇深具質感的佳構，《聯合報》是斷然不可能邀他參與這場劃時代文學盛事的。[16] 若是尉天驄能持續以小說現身文壇，或許他在台灣文學史的能見度將更透明、更焦點。

西方現代主義文學思潮乃醞釀於反動十九世紀工業革命的後機械文明，因而取代傳統的現實主義與浪漫主義的書寫模式。不過，台灣現代主義文學的開展，並不光是源自經濟變革，更隱含對政治獨裁的反動。某種程度說來，台灣現代主義作家的創作中隱含著反抗意識。職此，透過創作內涵的詮釋，得見台灣的現代主義作品是富有高度寫實主義色彩的，簡單地說，台灣的現代主義作品只是藉助歐美現代主義的外在技巧來進行寫實心理的創作，尉天驄的這本集子也不例外。

尉天驄將這本集子藉同名小說取名為「到梵林墩去的人」或許就已經看出端倪。如前所敘，這篇小說傳達的是尉天驄精神上的苦悶、憤怒與挫敗，背後勾勒的正是當時台灣陰森蕭索的政治

16 六位決審委員分別是：朱西甯、林海音、林懷民、尉天驄、彭歌、顏元叔。參閱季季：《行走的樹》，「兩大報（《聯合報》和《中國時報》）文學獎引領風騷的局面，就是從一九七六年的聯合報小說獎開始的。」台北：印刻出版，二〇〇六年十一月，頁一三。

殘酷，因此，以「到梵林墩去的人」為名就隱約透露這本集子是尉天驄置身當時時空的心理寫真集。

所集錄的八篇小說中，力脫政治桎梏的創作居各類之冠，計有三篇，懾於政治恐怖，這三篇影射性小說絲毫不讓箇中宏旨輕易被解讀出來，其餘諸篇則以自我情感為反映焦點，包括：戀愛挫折、婚姻生活、人倫傾斜、生活諸擾等，除了以「人倫傾斜」為情節主軸的〈微雨〉與自己的心境較無相干外，其餘諸篇都隱含尉天驄的身影在內。觀察創作傾向，政治枷鎖蔚為大宗，其餘諸篇多是個人心理反映，證明尉天驄雖然以現代主義技巧從事創作，實則牢扣社會背景與生命經歷，從未脫離寫實精神。這一點從一九六七年七月九日與陳映真等參加於梨華歡迎會上的發言可以得到證明。那場歡迎會上，於梨華提到自己對台灣文學界的觀感是「缺乏一種寫實主義」，在場的司馬中原隨之附和，之後陳映真在《文學季刊》第四期以〈流放者之歌——於梨華女士歡迎會上的隨想〉記錄並評論了尉天驄當時對這事的發言：

文學季刊的老編尉天驄提了一個問題：就反映現實而論，象徵、比喻、寓言，都是可以運用的方法。但我（陳映真）想於女士提出的寫實主義，與其說是形式的、技巧的問題，倒不如說是路線，本質的問題罷。這麼一來，尉天驄和於女士倒沒有相歧異的地方。[17]

此間尉天驄正透露自己是贊成以現代主義文學的技巧來寫實現實的，而他這段時期的小說也正緣順著這樣的書寫策略而來。隔年二月，尉天驄透過《文學季刊》第六期春季號的〈青澀的菓實〉一文來詮釋現代主義文學的寫實精神，他從文學思潮的演變來考察：

現代文學的意義雖然至今還不曾固定，然就時間和精神上說，它應該是自然主義轉變以後的產物。……以往自然主義的作家們認為「可見的現實就是現實的全部」，今日的作家們則認為「可見的現實只是人生經驗中的一部分」，那麼基於求真的態度，便必須追求那些「可見的現實」之外的「現實」了。這種態度就使得作家們不斷追求新的技巧，如 Philip Rahv 所說的「向象徵主義、寓言和神化學習」了。於是表現的手法便有很多種了，甚至使以往的自然主義的小說有變成「神話」的傾向，卡夫卡（F. Kafka）和湯瑪斯曼（T. Mann）的作品便是

17 許南村：〈流放者之歌——於梨華女士歡迎會上的隨想〉，《文學季刊》第四期（一九六七年七月十日），頁一三六。

最好的例子。而自然主義以後各流派的興起，也正是這種寫實主義的進一步追求。[18]

這段話正是陳映真所提的路線和本質的問題，也看出了尉天驄對現代主義文學的依賴是工具性的，所仰仗與看重的正是其創作技巧，這也跟他從「筆匯」時期再三強調現代主義是必須具備寫實精神的論點一致。

在對現代主義抱持這種觀點下，其創作思維，具體人物至少可見受到奧地利作家卡夫卡、美國作家海明威、法國左岸派導演雷奈與瑞典導演柏格曼的影響；就思潮而論，則是有意無意流露存在主義對自我存在的追尋，最明顯的當屬〈5點27分〉。

雖然尉天驄說：「我們不承認自己是存在主義者」[19]但從他在〈自序〉中大篇幅以沙特和齊克果的論點作為引言，很難不在尉天驄與存在主義間作出聯想，加上自稱受到卡夫卡與荒謬劇場的影響，兩者都與存在主義息息相關，《到梵林墩去的人》會出現存在主義的表徵也就極為自然。

一九七〇年十二月十五日——這本集子出版前夕，他在〈自序〉寫到：

18 尉天驄：〈青澀的菓實〉，《文學季刊》第六期春季號（一九六八年二月十五日），頁一二六。
19 尉天驄：《到梵林墩去的人．自序》，台北市：大林書局，一九七〇年十二月。

有人批評我們的作品是病態的，因為它們常使人面臨某種困境。這一點正表明我們的樂觀與健康。因為一個人只有面臨某種困境，才能體認出羅曼蒂克的情緒的蒼白……

這條線索足以證明：基本上，當時尉天驄對現代主義文學的觀點還是抱持著正面看法。並且能以現代主義的筆觸體現著「文學表現真實人生」的文學觀，認定現代主義文學能夠寫出自己對時代的觀感，存在反映現實的功能。

不過，這時候他也已經對現代詩感到懷疑，並對現代主義的某些觀點不表贊同，同時也寫出了〈最後的貴族——讀白先勇的「謫仙記」〉、〈一個作家的迷失與成長——對陳映真作品的印象〉等略帶批評現代主義病態的文章。並且在若干年後，竟轉而如此地看待當年這些創作：

在這些作品裡，我把活生生的現實擠到一個自造的抽象世界裡去，用所謂的象徵等等來滿足自我的感傷。……即：把活生生的現實問題擺在一個架空的世界裡來自欺欺人。這種寫法只要被人追問，最後剩下的就只是一種所謂的「情趣」而已。[20]

20 尉天驄：〈我的文學生涯（中）〉，《中國論壇》半月刊第十七卷第六期（一九八三年十二月二十五日），頁六七。

當時，尉天驄在這集子的〈後記〉寫到：

如果有人在這些不成熟的作品裡感到一些虛無的氣息，我盼望他們僅把它當作一種生命成長的過程。假如連年老博學的浮士德尚且有過那種夢，則我的年輕時代所體驗的種種，也許就是這個時代的一些面影吧。我願意用這個集子作為對過去的告別。

出版現代主義的文學集子卻為了告別以現代主義手法描繪的過去，就已經預告尉天驄與自「筆匯」時期便投身的現代主義文學運動之間已經產生變化。集子裡的創作大都在他當時所編輯的《文學季刊》與《文學双月刊》刊登，尉天驄文學觀的轉變絕非偶然，亦非突然，時代因素、同人影響、個人經歷等等都是重要因素，若能配合探討這個時期尉天驄的文學傳播，本文對尉天驄個人現代主義創作的探討將顯得立體化，交錯定位之餘，便可更清晰理出尉天驄文學思想轉變的脈絡。

按：本文為廖任彰先生碩士研究《尉天驄與臺灣現代主義文學運動》（二〇一一）之第四章第三節內容，經編輯節錄；欲覽完整論文可見政大機構典藏 http://nccur.lib.nccu.edu.tw/handle/140.119/60606

國家圖書館出版品預行編目資料

到梵林墩去的人 / 尉天驄著 .-- 初版 . --
臺北市 : 聯合文學 , 2019.5
312 面 ; 14.8×21 公分 . --（聯合文叢 ; 644）

ISBN 978-986-323-303-9（平裝）

857.63　　108006354

聯合文叢 644

到梵林墩去的人

作　　者／尉天驄
發 行 人／張寶琴

總 編 輯／周昭翡
主　　編／蕭仁豪
資深編輯／尹蓓芳
封面設計／許紘維
資深美編／戴榮芝
業務部總經理／李文吉
行銷企畫／邱懷慧
發行專員／簡聖峰
財 務 部／趙玉瑩　韋秀英
人事行政組／李懷瑩
版權管理／蕭仁豪

法律顧問／理律法律事務所
陳長文律師、蔣大中律師

出 版 者／聯合文學出版社股份有限公司
地　　址／(110)臺北市基隆路一段 178 號 10 樓
電　　話／(02)27666759 轉 5107
傳　　真／(02)27567914
郵撥帳號／ 17623526 聯合文學出版社股份有限公司
登 記 證／行政院新聞局局版臺業字第 6109 號
網　　址／http://unitas.udngroup.com.tw
E-mail:unitas@udngroup.com.tw

印 刷 廠／沐春行銷創意有限公司
總 經 銷／聯合發行股份有限公司
地　　址／(231)新北市新店區寶橋路235巷6弄6號2樓
電　　話／(02)29178022

出版日期／ 2019 年5月　初版
定　　價／ 380 元

ISBN 978-986-323-303-9（平裝）